# 嗚呼！学生寮

## ～“国鉄職員の息子達”の青春群像～

古賀 恒樹 Tuneki Koga



PARTNERS新書／HORI PARTNERS

# はじめに

私は昭和48年4月、鉄道弘済会福岡学生寮に入寮し、昭和53年2月頃まで学生寮で大学生活を送りました。

近年、若手の学生寮OB会（昭和47年入寮〜55年入寮あたり）の、下打ち合わせの席上で、「学生寮の思い出をそれぞれの世代毎に纏めて『記念誌』みたいなものを作ってみては…」という話になり、言い出しっぺの一人である自分が書き始めました。

ここまで書く気はなかったのですが、堀純一郎君（昭和52年入寮）の巧みな誘導に乗せられ、長々と「自分の思い出話」を綴った次第です。

記憶違いや一つの事柄が他と融合して「あやしげな話」になっている可能性がかなりあると思われます。また、文中、気を付けたつもりではありますが、先輩各位をはじめ、同輩、後輩諸氏に対し、失礼・非礼があるかと思います。OB会の座興の一つとして、ひたすらご容赦を願います。

「学生寮」で寝食を共にした懐かしい仲間を思い、OB会での邂逅がより興を増す一助になれば幸甚に思います。

古賀　恒樹

# 嗚呼！学生寮

## 国鉄職員の息子達の青春群像

## 目次

# 序章

## 「別府橋」

昭和48年（1973年）4月初旬、国鉄博多駅に降り立った私は、19歳であった。

小学校の修学旅行で一度、受験で二度訪れているはずの、九州で一番大きなこの街で、これから大学生活を送ろうとする私は、希望に充ちていたに違いない。記憶にあるのは陽光溢れる街の景色である。

長崎県佐世保市出身の私は、一浪の後、第一志望のQ大法学部に多分やっとこさ引っかかって、晴れて大学生となった。そして、国鉄職員の子弟が利用出来る「鉄道弘済会福岡学生寮」に入寮することになり、寝具や嵩張る荷物は先送りして、手荷物一つで駅に降り立った訳である。

本来ならば、国鉄筑肥線に乗り換えるかバスで寮の所在地に向かうところ、気分も高揚していた私は、スタスタとタクシー乗り場に行き、ドアを開けた運転手さんに「べっぷばし」と伝えた。しばし思案顔をしていた運転手さんは、「あア、べふばしね」とサラリと言って車を走らせた。これからの四年間（実は、五年間）を予感させるような滑り出しであった。

市内を走るチンチン電車（城南線）を横目に見ながら、別府橋でタクシーを降りて勾配のかなりある坂をほんの少し上ったところに、「鉄道弘済会福岡学生寮」はあった。広い玄関には多くの靴やスリッパが散乱していたように思う。

受付窓口みたいな狭い事務室があり、「今度入寮する古賀です」と伝えると、「下の名前は？」と聞かれ、「あア、同姓のやつがいるのだな…」とふと思った。「古賀恒樹です」と答えると「君は〇〇号室、手前の棟の2階の一番端の部屋。荷物は部屋に入れてあるよ」と色の浅黒い少し足を引きずるような姿勢のオヤジは言った。聞けば、寮長さんで国鉄のOBさんらしかった。

右手の食堂らしきものを見ながら、階段を上り指定の部屋に入ると先客がおり、「君が古賀君？」と尋ねる。「古賀です」と言うと「同室の窪田誠一です。今年Q大の理学部数学科に入学しました。宜しく…」と丁寧な挨拶をする。

お互い出身地や出身校などを話しながら自己紹介を済ませた。窪田君の父上は、保線区の方で国鉄では割と出世をされておられるようで、いろいろな勤務地を経験されており、したがって窪田君も転勤族であった。私の郷里の佐世保の早岐というところにも住んだことがあり、初対面の割には話が盛り上がり、これからの共同生活も案外上手くいくのかなぁ…と漠然と思えた出逢いであった。

その日の夜のことである。

その日の初対面後の行動や食事など一切記憶にない。その日の夜に起こったことが強烈過ぎて、大事な寮生活のスタートの記憶が吹っ飛んだと思われる。

時間も定かではない。言い争う大きな声で目が覚めた私は、言いようのない緊張感に包まれていた。気が付けば、窪田君もじっとベッドで身を固くしているようだ。

続く大声、怒鳴り合う複数の声、抑えようとする何人かの声が絡まりあう。

突然、ガチャン、パリンとガラスが割れ、飛び散る音、身を固める私、不安そうな窪田君の背中、どうなるのだろうと思い部屋に鍵をかけようとドアのところにいったが鍵はない。「お願いです。彼等が二階に上がって来ないように…」と心に念じながら気配を殺しながら、どのくらいそうしていたのだろう。

長かったかもしれないし、意外と短い時間だったのもかもしれない。

ふと思ったのは、ほんの子供の頃、父と母が凄まじい夫婦ゲンカをした際、子供心に「早くケンカをやめて」と心を痛めたことと重なるような感覚であった。

いつ寝付いたのか覚えていないけれど、窪田君と「大変なところに入ったね」と言葉を交わしたのは微かに記憶にある。

翌朝、起床して朝ご飯を食べに二人して下りていったら、でっぷりと肥えたおばちゃんが廊下で割れたガラスを掃除していた。「破片を踏まないように注意して！」とイラついたように言った。後で聞くところによるとこの寮には住み込みの賄と掃除をする寮母が二人と、通いの人が一人おられるとのことだった。

「あの〇〇と〇〇のバカが…」とかなんとか、聞こえたような聞こえないような…。その日の味噌汁は、大鍋の中に具はほとんど残っていなかった。

「あんた達、もっと早く起きてこんと味噌汁は残っとらんよ！」。おばちゃんは、面倒くさそうに言い放った。

部屋に戻ったら、同じ新寮生同士の集まりが自然発生的に起き、一年先輩と同室になったらしいK君が言うには「昨日の夜の騒動は、M先輩とO先輩他数人が酒を飲みに行って口論になり、周りがだいぶ止めたのだけど寮に帰って、本格的なケンカになったらしい」とのことであった。また、「近々、新入生歓迎コンパがあるが、けっこう凄まじいコンパなので注意したほうが良い」と物騒な話をする。コンパとかお酒飲みとかに仄かに憧れを抱いていた私は、「あまり飲まないようにして…注意しておこう」とその時は思っていた。

ふと、新寮生の中に見覚えのある顔がある。国鉄職員の子弟であるから当然なのだが、転勤族（出世コースの人達?）は、門司鉄道管理局内の主要な地区を転々とするので、結構同じ小学校や中学校出身者は多い。ただし彼等は二〜三年で転校していくのだが…。話しかけてみるとやはりK・A君だった。S大学の経済学部に入学したとのことだった。

同じ学部に私と中高で一緒だったM・T君もこの寮にいることも教えてくれ

た。彼は中学校では野球部、高校ではラグビー部の花形でとにかく足の速い男だった。現役で大学に入ったので私達の1年先輩にあたるらしい。

ともあれ私の鉄道弘済会福岡学生寮のスタートは、このような記憶である。

●鉄道弘済会福岡学生寮の表札があった玄関前。左から後藤一生氏、金田博保氏（いずれも昭和41年入寮）
※写真提供：後藤一生氏

# 第1章

# 「入学式」

小学校、中学校、高校と入学式は母が出席してくれた。

昭和48年（1973年）4月9日、私は寮で同室となった窪田誠一君と、チンチン電車を乗り継いでQ大記念講堂（確かそういう記憶なのだが…）の入り口付近で、入学式に出席するために、それらしい列に並んでいた。多分午前10時開始だったと思うのだが一向に列は進まない。入学のお祝いにと姉（高卒でもう社会人だった）から買ってもらったブレザーが、体に馴染まず「似合っているのかな？」などとぼんやり考えながら、仕方なく行列の中にいた。さすがにあまりの待ち時間の長さに、あちこちで「どうなっているのか！」「なんかあっているのじゃないか？」などとザワザワと声が起きる。

すると突然、その光景はやってきた。私の記憶には、まさしく突発的にやってきたのである。それは記念講堂入口付近からゆっくりとスローモーションのような動きで、我々の前を過ぎていく。しばらくはその光景の意味も理解できなかった。

ジュラルミンの盾と警棒を右手に持った屈強な警察機動隊員（後で知ること

になる）三人に、両腕とヘルメットから伸び出た長髪を鷲掴みにされた一人の男が引きずられて行く。

男は顔をタオルで目から下を隠し、上はアナラック、下はジーンズである。それは浅間山山荘事件（１９７２年２月）を、テレビで見た学生運動家の典型的な格好であった。

一人二人三人とその光景は続いていく。行列の我々は固唾をのんでそれを見送る。

十人を過ぎたころであったか、どこからとなく「今日の入学式は中止です」と大きな声がした。私はまだ引きずられていく彼等から目が離せない。引きずる機動隊員も無言、引きずられていく学生も無言。二十人程連行された後であったろうか「古賀、もう帰ろうか…」と窪田君が言う。「そうだね」と答える私。

帰りの電車の中はお互い終始無言だったように覚えている。

寮に帰り着き、しばらくは部屋のベッドでボオッとでもしていたのだろう…、何にも記憶がない。夕方、寮の食堂でご飯を食べているとテレビのニュースで「入学式中止」の報道をやっていた。当時は今と違ってリアルな映像などない。記念講堂の画と逮捕者は五十人に上ったという、アナウンサーの語りだけである。

食事が終わり、部屋に戻りかけるとQ大の新入生五～六人（記憶が定かでない）が自然と集まってきて、当然その話題になる。愕然としたのは、「この寮にも活動家がいるらしい」という話であった。どこで情報を仕入れたのか解らないが、「昨年、学生運動家数名が近くの田島寮（Q大直営の学生寮で当時は、活動家の巣窟と謂われていたらしい）から、警察の捜索を受けて、活動家仲間のいるこの寮に逃げてきた折に、この寮にも機動隊員が大挙押し寄せた」と言う。

やはり後で知ることになるのだが、この話は事実であった。

大学への入学が決まり、これからの福岡での生活に未知の期待と夢？好奇心を膨らませていた私に父が「ゲバ棒だけは担ぐな！」「やったら仕送りはせんぞ！」とことの他強く言い渡した言葉が心に響く。

福岡学生寮の活動家は少数であったが実在していた。ただし、彼等はほとんど寮には居らずその行動も謎であった。Q大は六本松にある教養部（一年半、ただし医学部だけはどうだったか？）と本学にキャンパスが分かれており、学生運動は医学部を拠点に、本学のある箱崎地区が中心であった。我々が入学した昭和48年（1973年）頃は、浅間山山荘事件以降、急速に学生運動が下火になっていくのであるが、熱き活動家は以前より目立たぬようにしながらも「安保粉砕！　共闘勝利！」と息巻いていたのである。

私と窪田君は、入学式である種の興奮を憶えたのか、1年先輩の農学部2年のKさんの誘いを受けて「学生大会」（通称学大）に場違いにも参加してしまった。教養部にある、だだっ広い体育館みたいな所で、その「学大」は行われていた。

全体で整然としたプログラムなど無く（実はあったのかも知れないが…）、私が覚えているのは、その広い会場のあちらこちらで二十～三十人程のグループによる討論会みたいな光景である。今の言葉で言えば、まさにディベートそのものである。よく見るとグループ毎に特徴がある。赤いヘルメット群、白いヘルメット群、黒いヘルメット群等々、そして真剣にやり合うノーヘルメット群の集団。これも後で知ることになるのだが、赤（中核派）白（革マル派）黒（アナーキー）他に、社青同ML派、民青など諸派入り乱れての強烈なディベート合戦であった。1人の気弱そうな男がヘルメット軍団にとり囲まれて、やり玉にあがっている場面が記憶にある。そのうちノーヘルメットの応援団が駆け付け、集団は異様な興奮状態、まさにヒステリー極まり、一団は会場外へドオッと出ていく。

後は想像ではあるが、『ケンカ』しか思い浮かばない。

例によって窪田君と目があった僕たちは、歩いて五分程の学生寮にやや速足で戻った。

興奮冷めやらぬ私と窪田君は、K先輩の部屋（同居者は前述のK・A君、彼らは従兄弟同士らしい）で、参加していないK・A君（S大）に「学大」の様子を伝えていく。

しかし私と窪田君のやり取りは、ヘルメット軍団の相手をやり込めるしぐさや、指を突き立て相手を指し示し罵倒するようなジェスチャーばかりであった。K先輩はしばらくその様子を見ていたが、「情けない」と一言つぶやいて部屋を出て行った。先輩からすると彼等が何を熱く議論していたのか、何故ケンカまでするのか、そのことには何も関心も問題意識も無く、ただ面白おかしく彼等を揶揄する私達が情けなかったのだろう。

この「情けない」と呟いた先輩とは、本学に進学されて退寮されてからは一度もお逢いしていない。K・A君に聞けば小学校の校長先生を勤めあげられたとのことであった。

この学生運動の余韻と熱は、活動家の寮生達が三々五々いなくなり、潮が引くように冷めていった。日本全国の学生運動も同様に、急速にその勢いは無くなっていってしまった。

後年、行き場の無くなった筋金入りの日本赤軍革命闘士は、世界各地で凄惨な事件を引き起こすことはご承知のとおりである。

ともあれ、我が「鉄道弘済会福岡学生寮」においても、学生革命家は存在していた。

活動家と思しき色の浅黒く痩せ型で小柄だった彼（残念ながら名前を憶えていない）が、慌ただしくいなくなった部屋には白いヘルメットが一個置いてあったそうである。

●煙が立ち上る九州大学教養部と、別府橋前で学内への学生の進入を阻止する機動隊（昭和43年）
※写真提供：昭和41年入寮・後藤一生氏

# 第2章

## 「新寮生歓迎コンパと麻雀」

「結構凄まじいコンパなので注意したほうがよい」と脅されていた、噂の新寮生歓迎コンパが始まった。

確か寮生代表（当時はY・SさんかNさんだった。いずれもS大）の挨拶があり、新寮生一人ずつ自己紹介をしながら先輩らの洗礼を受けていく。しかも大き目の茶碗？いや、どんぶりといったほうが良い器になみなみと注がれた二級酒を、ほとんど一気飲みしてから自己紹介を始めるのが慣例だった。

未成年だろうが酒が飲めまいが一切お構いなしである。当時は今と違って大学生になると酒・タバコはある程度許されていたように思う。コンパのあり方も然りである。

世の中が現在と比較して、すべてにおいて「ゆるかった」のだと思う。

食堂の食卓代わりの長机の脚の下には、バケツが5～6個置いてある。勿論、ゲロした時の備えであろう。当時の私はある程度酒は飲めた。父の郷里であるS県のK峡近くに先祖のお墓があり、お盆の頃、父とよく墓参りに行っていた。一時間半ばかりの間、草取りなどの作業をして一汗かいた後、すぐ近くの酒屋に寄って帰るのが常だった。

父は美味しそうに冷えたビールをゴクリと呑む。ツマミは田舎風の「揚げ豆腐」、酒屋のおばちゃんが「よかったら？」と裏の畑から今しがた採ってきた「青胡椒」を立ち飲みコーナーのテーブルに置く。父があまりに旨そうに呑むものだからジッとみていると、私が飲み干したジュースのコップに「お前も少し飲むか？」とビールを注いでくれた。

多分好奇心からだったと思うが私はそれを一気に飲み干した。美味しかった…。

何人かの新寮生が食堂で横になったり、自室に戻ったりしたようだが、私はバケツに一度ゲロしたが、まだ右手には茶碗酒を持っていた。宴は進み、寮歌（春歌みたいなもの）やそれこそ春歌のオンパレードみたいな様相を呈してきた。もう先輩達も大概酔ったようで誰も酒を注ぎにはこなかった。どの先輩だったかまったく覚えていないのだが、二次会に別府橋付近の「洋酒大学」（今も営業している。当時のミスH製薬だったという着物を着たママさんが現役である）に「お前、よう頑張ったな」と連れていってくれた。勿論、お店のウイスキー（ブラックニッカ）のロックは、一口も飲む気はしなかったが…。

寮の自室に戻ると、窪田君がベッドで横たわっている。彼は髭が濃く、見かけは大酒を飲みそうな風貌であったが、本人によると「下戸」とのことだった。歓迎コンパで「麻雀が好きです」と言った私に窪田君が「君、麻雀出来るの？」と聞くから、私の麻雀履歴を語ることになった。

ことの発端は、実家のほんの二〜三軒隣りに東京の大学に行っているお兄ちゃんである。小さい頃からソフトボールや野球など教えてもらったり鍛えてもらったりしていた4歳年上の兄貴である。私が高校2年生の頃、兄貴の家の方から賑やかな声がする。「T郎兄ちゃんが帰省しているのだな…」と思いつつT兄貴の家の方をみると、若い兄ちゃん達がタバコの煙をまき散らしながら何かゲームらしきものに耽っている。「ハハーン、これが麻雀か」と得心した。我々が高校生の頃、「受験生ブルース」という曲が流行った時期があった。〝麻雀狂いの大学生、どこが良いのか大学生〟という歌詞がある。私の中では、大学生＝麻雀という概念は、子供の頃から憧れていたT郎兄貴によって確立したものらしい。好奇心旺盛な私は、隣地の畑を横切り、引き込まれるようにT郎兄貴が麻雀をやっている部屋を覗きにいった。

「オゥ恒樹、お前にはまだ早かばい」と兄貴は言う。仲間の一人が「そがんことはなか！、今から覚えて大学に入ったらカモにならんでよかぞ」と言う。都合の良い解釈を得意とする私は、彼の意見が大いに気に入った。結局、良識ある？T郎兄貴は帰省中に麻雀は教えてくれなかったけれど、私の心の中にはメラメラと麻雀への興味が燃え盛っていく。

普段はそうでもないのに、このような時には思いもかけない行動力を発揮する私は、具体的行動を進めていく。まず麻雀を出来る奴を捜すことから始めた。意外と身近にいるものである。小、中、高と同じでかつての同級生であったH口君（高校でラグビーに熱中していた。前述のM・T君とも親しく大学はS大）や幼馴染みの近所のH商業に行っているY君、後で親しくなる理系クラスのY・Y君など、いずれも家庭麻雀で覚えた口だが、捜せば居るものである。私は中学校でサッカーを一緒にやっていたU・Y君とM・K君にも声を掛け、一足早い大学生気分で仲間に引き入れた。家庭麻雀の連中は、最初ある程度は付き合ってくれたがそうそう無理も言えない。点数計算や上がり役も充分に知らない私は、麻雀パイと麻雀の本の必要性を感じ、質屋で麻雀パイを1500円で、書店で入門書を500円程で買った。当時の高校生としては破格な値段であった。母親に麻雀パイを見つけられた時の母の表情は、還暦をとうに過ぎた今でも忘れられない。

U・Y君とM・K君、Y・Y君らと共に、高校3年次の冬休みのクリスマスイブの夜から受験勉強と称して、M・K君の家（彼の部屋は2階の天井裏で麻雀を隠れてやるのには好都合であった）で、徹夜で麻雀に没頭した。その甲斐あって、私とM・K君は浪人、しかしあとの二人は現役で志望校に合格した。

このような経緯について、概略を語っていったのであるが、窪田君が真剣な顔で「僕も麻雀を覚えたい」と言う。内心、「これこれ、カモが1人…」と思いながらも「君がそう言うなら教えてもいいけど」と私。かくして、窪田君も理学部数学科を志向した持って生まれた論理性の故か、単に博奕好きな故か不明であるが、しばらく麻雀ハシカに感染するのであった。

「麻雀が好きです」と言った新一年生がいるという情報は、一夜にして寮に広まったらしく、私と窪田君の部屋は、「カモってやろう」という魂胆か、はたまた「どの程度の腕なのか」という先輩諸氏から麻雀のお誘いがしばらく絶えなかった。

この麻雀を通しての諸先輩や同学年生、また後輩諸君らの交遊が、私の約五年に及ぶ寮生活の縦軸か横軸か解らないけれど、大きなものだったと今にして思うのである。

後年、人事の仕事をする私の基本的人間観は、この期間に形成されたと本気で思っている。博奕には、金のやり取りを始め、勝負ごとに対する人間の本質が知らずと滲み出る。本当にそうだろうか？　いろいろな経験を経て勝ち負けに対するある種の「潔さ」を身に付けるのではないか？　あの若い頃の気性だけで決まる訳ではなかろう…、まだ結論には到底届かない。

# 第3章

# 「留年」

私達が入学した昭和48年（1973年）は、学生運動も下火に向かっていて、六本松にあったQ大教養部キャンパスもある程度落ち着きを取り戻し、授業も平常どおり行われるようになっていた。

これは、複数の先輩諸氏から聞いた話であるが、ほんの一～二年前までは、教養部全体がロックアウトされていて正常な授業は行われず、したがって単位取得もレポート提出のみであったらしい（あくまで伝え聞いた話であるから正確かどうかは不明である）。

私は、寮で麻雀をしながら「体育の授業だけはちゃんと出ておけよ」という先輩の言葉を、得意の、都合の良い解釈をしながら「語学はどうですか？」（英語と仏語を選択していた）と聞き返すと「取るに越したことはないが後期でも取り返せる」という返事に楽天家の本領の笑みで頷いていた。

振り返ってみれば私の留年は、僅か1年生の5月か6月で事実上決まっていたも同然であった。今思えば本当に恥ずかしく情けない話であるが、5月中旬頃であったろうか、英語のリーダーの授業に遅れればせながら出席したところ、名前は呼ばれないし授業もかなり進んでいる。授業終了後、おそるおそるＵ先生に「あのＬⅡ－５の古賀ですが…」と聞くと「古賀恒樹？君は入学を辞退したのではないのですか？」と言われる始末だった。

「これはいけない」。さすがの楽天家の私も、もう一つの確かヘッドフォンを使った何とか教室で行われていた英語の授業にも慌てて出てみたが、与えられた座席は一番末席の予備みたい場所だった。語学は厳しいという認識をやっと持った私は、仏語にも留意するようにした。

教養部において文系の我等は、46単位取得して晴れて箱崎キャンパスに進学出来る。

勤勉なる寮の諸先輩からみると「なんと情けない後輩か！」「君は何のために大学に来たのか？」「国鉄職員という決して裕福とは言えない家計から仕送りをして貰いながら…」と嘆かれるのを承知で書くが、私は46単位しか取っていないし本学に行っても必要最低単位しか取得していない。

そんな私がＡ（優）を取得した科目が二つある。一つは「法律論」（たしか

T講師)。試験のテーマは「ソクラテスが『悪法も法なり』と言って毒を呷り死を遂げるが、これについて思うところを記せ」というものであった。あと一つは「仏語文法」だけである。N教授の冒頓な人柄と、遅れてやっと仲間に入れて貰った私にも優しく接していただいたことがやる気を促したようである。後日談ではあるが、仏語にはもう一つの思い出がある。

教養部の二年目のクリスマスイブの日で、冬休み前の最後の授業だったと思う(すなわち留年後の2年生)。仏語のリーダーの授業で、同室の窪田君も仏語を選択していてJ教授の授業を受けていた。窪田君(理学部数学科)のクラスの方が進行が早かったので、私は和訳をテキストに書き込んでいたのである。滅多に、いや全くといって予習などした試しのない私が、何故か窪田君に頼んで写させて貰っていたのであった。思いもかけず「次、えーと古賀君」と初めて指名された私は、怪しげな発音で「すらすら訳してはダメ…」と自分に言い聞かせて、指定された部分を訳した。

LⅡ-5と記してあれば即、留年生と解る仕組みになっている出席簿をしげしげと眺めておられたJ教授（女性）は、90分の授業で、あと30分強は残って居た筈の授業を「今日はクリスマスイブです。皆さんへのささやかなプレゼントです」と仰って、突然打ち切られた。仏語の先生らしいエスプリのきいた台詞であった。

少しは「留年」の脅威を感じていた筈の私ではあったが、本来の楽天的な性格からか、思うように単位取得が進まない。というか単位取得への努力が決定的に足りない。入寮以来、「麻雀熱」がいっそう昂じた私は、六本松へ足が向かない。同室の窪田君も私が同病に誘い込んだ結果、お互い牽制効果が働かない。かくして一年が終わる頃、後期試験の結果は惨憺たるものであった。登録していた科目の試験日さえ知らない有様では、当然の帰結である。

その日は遂にやってきた。

実家宛てに大学教務課から呼び出し通知が届いたのである。父と一緒に事務室で単位取得の現状確認が行われた。父は何にも喋らずただ頷いていた。佐世保に帰る父を博多駅まで送り、昼時だったので地下の「大福うどん」で食事をした。父は「このうどんは美味か。佐世保のTうどんと同じくらいたい」と言ってビールも飲んだ。さすがの私も一緒に飲む勇気はなかった。別れしな「これが最後ばい」と言って改札をくぐっていった父の後ろ姿は、消えるまで見送った。博多駅を出ると陽光眩しい光が飛び込んできた。大学に二年目の5月のことであった。

本当に少しは懲りたのであろうか、幸いにも二留はしなかったが、心を入れ替えてとはいかなかった。自分でも呆れるのだが、最少の努力で何とか単位を取れないかという姿勢はあまり変わらなかったと思う。取得単位ギリギリしか登録していない私は、教養部最後の試験で大きなピンチを迎えることになる。C（可）評価で「まあ、何とかOKだろう」とたかを括っていた「現代日本史」（2単位）と「一般地学B」（4単位）を落としてしまうのである。幸い「現代日本史」は、追試があってK先輩の的確なアドバイスで乗り切るのだが、地学のほうは追試がない。「万事休す」と観念しかけたが、これまたK先輩が、「明日一番に教室に行って教授にお願いしてみたら」と励ましてくれた。

朝、７時30分頃から教授室の前でじっと先生のお出ましを待っていたら、８時15分頃、一人のそれらしき人物が到着された。正直、授業に出てないので顔を知らなかったのである。思い切って「先生、かくかくしかじか………」とひたすら低頭して懇願したところ、「この単位が取れたら進学出来るんですね」と念を押された。その時は「近代日本史」の追試前だったが、なりふり構っておれない私は「そうです。先生のこの単位だけなんです」と必死に訴える。暫くして「解りました。今から5冊の本のタイトルを言います。その中から選んで20枚レポートを提出してください。あなたは運が良い。実は、私は今日学会で東京出張なのですが、ちょっと書類を取りに立ち寄ったところでした」と言われた。５～6回は頭を下げ部屋を辞した私は寮に帰り、後輩のＩ・Ｈ君、Ｓ・Ｍ君、Ｋ・Ｋ君、Ｏ・Ｙ君に「今日帰ったら、お願いがある」旨伝えて、教養部の生協の書店を訪れ指定の図書を購入した。

彼らの帰寮を待ち、各自に1冊ずつ本を渡し、５ページずつレポートを書いて欲しいとお願いをした。30数年後、彼等と再会した時、ある後輩から「先輩あれはお願いではなく強制でした」と言われた。よく見れば筆跡も違い、レポートの内容も後書きを丸写ししたようなお寒いものであったが、私は、S大ラグビー部のM・T君にも手伝って貰って、立派な表紙を作成した。先生が実物をご覧になったかどうかは不明であるが、地学のM教授の大きなお心で難を逃れたのであった。

本学に進学した私は、法学部法律学科は自分には単位取得にあたり「荷が重すぎる」と判断し、政治学科へと鞍替えした（実は政治学科があることさえも知らなかった。N君という恩人が教えてくれた）。これまた卒業に必要な取り易い単位を求めて貝塚あたりをさまようのであった。

後年、病院に事務職として働くことになった私は、昭和8年（1933年）生まれのN・T先生（内科）に「先生、私は今も夜中に、『あっ、あの単位が取れていない』『あの科目とこの科目の試験日が重なった』『試験範囲を聞いていない』とか悪夢にうなされます」と告白すると、先生は、「食券を買い忘れた」とか「食券を失くした」とかうなされると仰った。先生の時代は、食べ盛りの頃に食糧難を迎えられたからであろう。

夜中に悪夢でうなされる私は、自業自得の結果ではあるが、40代初めまで時折悩まされた。40代半ばで生死の境をさまよう大病を経験してからは、不思議とこの悪夢から解放された。

昭和53年（１９７８年）３月１日に、郷里の佐世保の医療法人に就職していた私は、その当時の上司であった事務長さんから「古賀君、卒業式は何日？その日は前後休みを取っていいから」と言われ「あ、はい、確か17日だったと思います」「また、きちんとご連絡します」と返事した。

あまり覚えていないのだけれど、３月初旬の某日には違いない。私は、家の近くの公衆電話のボックスに躊躇いながら立っていた。しばし佇んでいたのだが、意を決して、電話をかけた。２～３回のコール音の後、「学生寮です」「あの、Ｋ・Ｋ君をお願いします」。暫くして「Ｋです」「古賀だけれど…、俺の名前あった？」「…、…、先輩ありました！。ご卒業おめでとうございます」「そう、ありがとう！。勿論、君もＳ・Ｍ君も卒業だよね」「はい、卒業です」。後は、どんな話をしたのか記憶にない。

S・M君はY銀行、K・K君はS製作所に就職された。残念ながらK・K君とは卒業後、1回も逢っていない。無事、卒業式を終えて家に戻り、筒に入った卒業証書を父母に渡し、翌日から決まっていたコンピューターの研修に2週間程、東京へ出張した。

あまり訳の解らない研修と慣れない東京での生活で少し疲れていた私は、実家に帰りホッとしていた。座敷でうたた寝をして眼が覚めた私の視線には、額装して飾ってある卒業証書が眼に入った。

# 第4章

## 「寮祭」

5月は合ハイ（合同ハイキング）の季節であるらしい。

私は、大学生活で合ハイに参加したのは3回しかない。1回目は2年生の春で、2回目はよく覚えていない。3回目は学生寮4年目で、寮生代表を務めていたS大のK・A君が部長をしていた「釣りクラブ」の合コン（これは単純に夜の飲み会）で、よく記憶している。女性の参加者の4～5人のうち、2人が飛び抜けて可愛かったからである

J子ちゃんは、闊達で周りを明るくするようなタイプで一番人気であった。私が魅かれたのは、清楚で色が白くいかにも良家の子女風であまり喋らなかった女性で、名前はK川さんといった。

そうそう寮祭の話である。

私は1年次の合ハイには参加していない。正直、合ハイより麻雀だったのである。2年次の時も出るつもりはサラサラ無かったのであるが、急遽、人数合わせのため「たまには団体行動をとってみろ」と誰かに意見されてシブシブ参加した。動植物園のある福岡市南公園で、男女30名程の合同ハイキングが行わ

れ、あまり覚えていないのだけど天神あたりのビアガーデン、それから中州の入り口にあったSホテルのダンスホール？でお開きというコースだったと思う。早く寮に帰って「第八会議室」（雀荘、３年次あたりから私のバイト先になる）で麻雀をしたいなあと内心思っていたので、何に付けても「上の空」状態で、今にしてみれば実に勿体ない話である。

ここで知り合った女の子と仲良くなり、寮祭の時に手伝いに来て貰うことも多かったらしい。また、より親密になり「恋」に落ち、女子学生のアパートに通い詰め、あげくには寮にいる時間より彼女の所にいる方が長いという寮生もいた。

上村一夫という漫画家が「同棲時代」という作品を週刊誌でヒットさせ、テレビ、映画、歌謡曲と世相はまさに、同棲という言葉が市民権を得たかのようであった。それ以前は、若い男女が結婚前に一緒に暮らすということなど不道徳の極みでしかなかったのである。

寮祭が春であったか秋であったか記憶があやふやである。

はっきり覚えているのは、夜の余興の部に3回程エントリーして「出しもの」を披露したことである。確か「がきデカ」（山上たつひこ氏作の漫画）のこまわり君をモチーフに窪田君、K・A君と私の3人で、今思い出しても悍ましいようなパロディー風の出しものであった。正直、早く忘れてしまいたい。2つ目は結構な自信作である。これまた当時のテレビ番組で「本物は誰だ！」とか何とかのパクリで、例によって窪田君、私と1年先輩のA・Mさんの3人が登場する。

ここでA・Mさんのプロフィールを紹介する。広島県三次市の出身でM原高校（「わしゃ頭の出来が悪いけのー、三次高校へは行けんじゃった」。本人談）でレスリング部に属し国体選手であり、F大工学部に進まれていた。大学生になるとレスリングはそっちのけで、これまた広島が生んだ大スターである吉田拓郎の歌を、寮の自室でギターと固定したハーモニカで「これこそはと信じれるものがこの世に有るだろうか…」などと教祖拓郎に近づくべく熱唱されていた。

ちなみにレスリングの国体選手がどのくらいのものか興味を持った私は、A・M先輩に挑んだことがある。私の体の上になった先輩が両手を宙に浮かせ「おい恒樹、動けるものなら動いてみろ」と仰る。「こなくそ！」と思ったが、どう足掻いても抜け出すことが出来なかった。

そのA・M先輩と窪田君、それから私は、後の章で触れるが、あろうことか福岡競艇にも手を染めていた。今の世は、未成年（20歳）および学生は公営ギャンブル禁止である。

当時はいろいろな面で「ゆるかった」時代で、我々はなんなく舟券が購入出来た。一番熱心だったのは窪田君だったように覚えている。何せ理学部数学科である。一時は大学のコンピューターで「出目」の研究もしていたらしい。A・M先輩は、競艇場でも広島の選手から買っていた。

ところで「本物は誰だ！」であるが、出された問題は「この3人の中で競艇で4レース続けて的中させた人がいます。さていったいその人は誰でしょう？」というものであった。食堂で見守るギャラリーは、この3人と問題を聞いて皆、

「さて誰か？そんな奴がいるのか？」という思案顔である。５名程の解答者は①～③までの番号札を持ち、これまた決めかねている。そこで解答者から司会の方へ1問だけ質問させて欲しい旨の要望があり了承された。

「なんぼ勝ちましたか？」という質問に①番の私「20万円ちょっとです」。②番の窪田君「4～5千円でしょうか」。③番のA・M先輩「2万円位だったかな…」。気付くと①番の番号札はすべて打ち捨てられていた。正解は後章にて記載する。

３つめは、これまたテレビの「笑点」でやっていた「魚鳥木（ぎょちょうもく）」というお遊びである。大喜利よろしく5人程が座布団に座り、「魚鳥木、申すか、申すか」と合唱しこれまた「申す、申す」と合唱し、突如、司会者が一人を指さし「魚（ぎょ）」というと指名された者は即座に「鮪」とか「鰤」と答えなければならない。勿論、同じ答えはNGである。回を重ねていくうちに「鳥（ちょう）」「鶯」、「木（もく）」「秋刀魚」とか珍解答が続出する。単純だが皆で参加しやすくノリの良いゲームであった。

最近、勤務先の大忘年会（全部で5回程）で医師を含む若い職員の方々が、DVDなどのITを駆使して、我々の時代とは出来の違う余興芸を数多く堪能させてくれているが、「テレビのコピーだな…」と独創性の欠如を思うこともあった。

何のことはない。つらつら思い出してみれば我々もまたテレビや漫画等のコピーそのものであった。

広島県人のA・M先輩は、当然の如く熱狂的な広島カープファンであった。1975年、広島東洋カープ球団はセ・リーグ初優勝を果たすのであるが、その当時のA・M先輩の欣喜雀躍ぶりは、今でも目に焼き付いている。郷里広島で公務員をされていた先輩とは、学生寮OB会で再会を果たすのだが、人懐っこい笑顔は昔とちっとも変らず「恒樹…」と声を掛けられた瞬間からあの時代へワープするのであった。

奇しくも2016年、カープは四半世紀ぶりにリーグ優勝を遂げた。

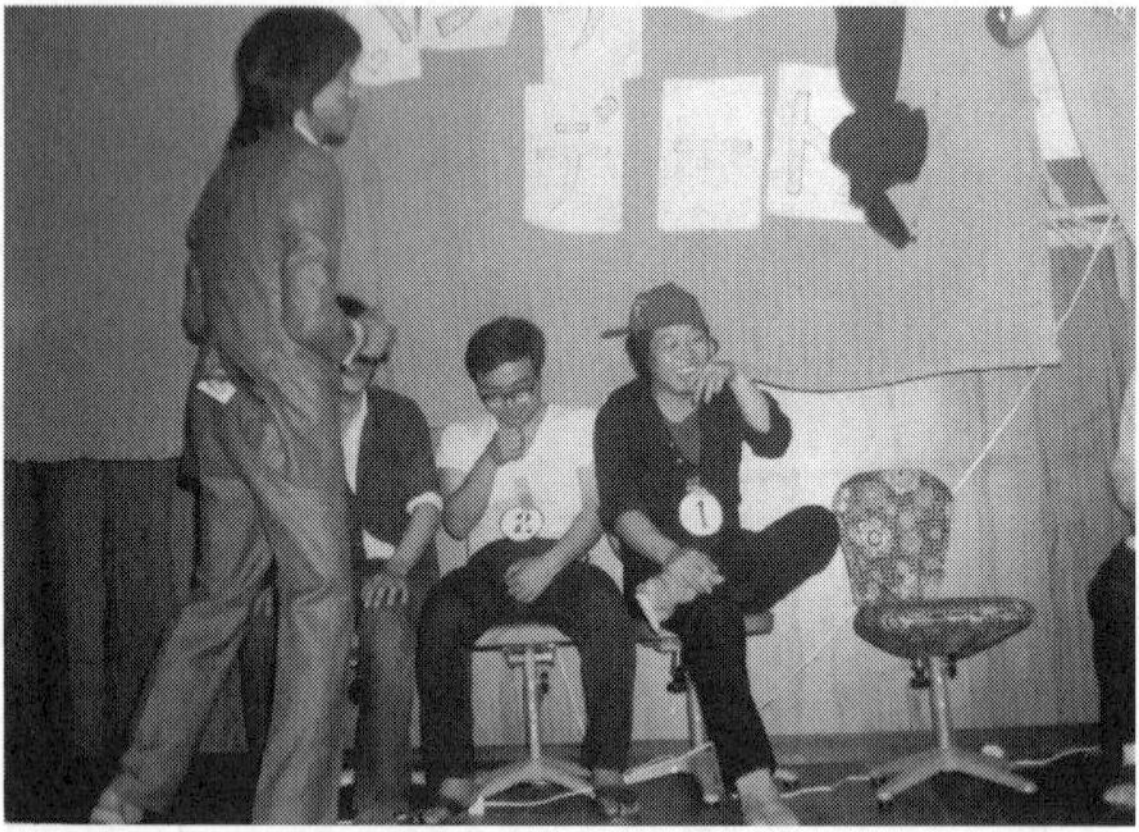

●寮祭にて：「本物は誰だ」。司会は朝長英一郎君（左端）

●寮祭にて：「こまわり君」のパロディー。左から窪田誠一君、古賀恒樹（筆者）、川原明郎君

# 第5章

# 「O・Y先輩との出逢い」

人にはさまざまな出逢いがある。O・Y先輩との出逢いは、私にとって極めて大きな意味を持つものであった。

まず先輩に関して知っていることから書いてみよう。

五黄の寅と言っておられたから1950年生まれで私より3歳年上である。○県の名門Uガ丘高校出身で、第1志望のQ大工学部○○学科への入学が適わず、農学部へ進まれた。

当時のQ大の理系には、入学試験時の成績により他学部への編入選択制度があったようである。「親は現役で入学しろとうるさかったので、しぶしぶ従がったが、この時点でかなりやる気を失くしていた」（本人談）。

その結果、あれよあれよと言う間に二留してしまい、切羽詰まった状態に追い込まれていった。Q大教養部は二留までが限度である（ちなみに大学はトータル8年まで在籍出来た）。理系の方々にとっては、物理と化学で単位に厳しい教官がおられて、我々文系と違い教養部脱出もハードルが高かったと記憶している。

O先輩は、所定の必要単位が取れず、放校処分となってしまった。

私は一浪して入寮したから、O先輩と出逢った頃、先輩は俗に言えば『プータロー』の状況であった。勿論、退寮されていたが、旧知の寮生を時折訪ねて来られ、たまには風呂に入ったりされていたようである。

出逢いのきっかけは麻雀である。寮の食堂で、ある種の貫録を漂わせながら、「オイ、お前が古賀か？」と聞かれた。「ハイ、古賀です」と私。見るからに先輩風であり、緊張して応える私であった。「今から時間があるか？ 麻雀がどの程度かみてやろう」と仰る。

三度の飯より麻雀好きになっていた私は、「是非打ちたいです」と即答したのであった。

S大のF・G先輩（寮の麻雀の強豪、通称『ドラ爆の五郎』またの名を『ダマ聴の五郎』）とF大のA・M先輩と連れ立って寮の隣の「第八会議室」へ、いそいそと出かける私にA先輩が「オイ恒樹お前、Oさんと打つのか？ ワシャ知らんぞ」と、脅しとも取れるような言葉を囁かれた。

勝負自体はビギナーズラックもあって、大敗を喫しなかったが実力差は歴然としており、O先輩の麻雀の強さは、今まで打った中では飛び抜けていた。「少しは懲りたか？」といったA先輩の思惑とはまったく違って、私の中でO・Y先輩への憧れが膨らみ「O先輩のような麻雀が打ちたい」から、O先輩が発する『無頼』の雰囲気にまで魅了されていくのである。

こうして暫くは『金魚のフン』よろしくO先輩の後をくっ付いてまわる時間が多くなっていった。雀荘を渡り歩いて、雀士気取りの猛者学生達とも何度となく卓を囲んだ。

お酒もよく飲んだ。勿論、O先輩の驕りである。麻雀を打って負けているから、結局は自分のお金で飲んでいるようなものだが、O先輩はそれ以上に面倒見が良かった。

俗に言う『親分肌』の人であった。

スナックやバーもどきみたいなところで、アルバイトをしながら仕送りの無い生活をされていたと思う。ある時期は中州の方へ定期的に仕事に出られていた。突然、寮へ電話があり「オウ、恒樹！　お前、学生ズボンと白のカッターシャツを持っているか？」と聞かれるから「持っています」と答えると「それじゃー、春吉の『マイセラー』というスナックに行ってくれ。場所は……」と一方的に告げられた。こちらの都合など問答無用である。

この時期には、すでに親分子分の関係になっていたと思われる。

N新聞の役員室秘書をされていたとかいうTママ（実質のオーナー）と中州出身のMママが仕切るこの店は、スナックというにはゴージャスな内装だった。お客は勿論、N新聞の記者をはじめ営業、経理、あとオエライさん（役員クラス？）らであった。私は、O先輩のピンチヒッターではあったが、たしか19時から24時までグラスや皿洗い、水割りなどを作って5千円と交通費を貰った。割の良いバイトだった。

4～5日そのバイトを続けていると、O先輩から連絡があり「店が終わったら『ソワール』というホテルに来い」と言われ、何人かに尋ね尋ねしながらたどり着くと「オウ、始めるぞ」と言って麻雀が始まった。詳しくは覚えていないけれど『ソワール』はビジネスホテルのようでもあり、ラブホテルのようでもあるのだが、会議室みたいなところに雀卓が2台あり、打っている人達は中州界隈のお店が跳ねた後のバーテンさんやホステスさんらであった（今想像するに無許可の雀荘であったろう）。

打牌をしながら「店のほうはどうか？」と○先輩。「結構、いいバイトです」と私。

「違う、俺のことを何か言いよらんやったか？」と先輩。「別に何も聞かれないです」と私。「ふーん、そうか…。まあバイトも、もう少ししたい」

私が全帯三色を対面の『前略おふくろ様』（日テレ、1975年～1977年、主演萩原健一）から出て来たような板前風の中年のオジサンから上がると、私の捨て牌をジッと見て「お主、出来るな」と言って椅子に座り直した。この人が当時、○先輩が私淑していた包丁人であった。社会経験の浅い私から見ても、斜に構えた何とも表現しようのない崩れた雰囲気を持っていた。内心、「近寄ってはいけない」と私の感が働く。

早朝まで続いた麻雀で、2日分のバイト代以上稼いだ私は生意気にもタクシーで寮に帰った。朝のバス亭やチンチン電車の停留所は、通勤通学の人達でいっぱいであった。私は眠気を感じながらも、朝早くから会社や学校に行く人達を別世界の人のように、ただボンヤリと眺めていた。無論、心の中に『罪悪感』はあった。

翌日のことである。定時ちょっと前に店に入り、生地の厚い白いエプロンを腰に巻き、教えられた通りに開店準備を済ませ、カウンターの椅子を綺麗に並べていると、Mママが出勤してきて「古賀君、今日までありがとう。明日からは本雇の人が来るから」とバイト終了を宣告された。「それとO君に言っといて。貴方ももう用は無いからと」。

前日の先輩の様子からうすうす何かあったんだなと思ってはいたけれど、「さわらぬ神に崇りなし」(この頃からカンは良かったのかな?)で、ただ「ハイ」と返事し、淡々といつも通り作業をこなした。寮に帰るとO先輩が待っていて「何か言われたか?」と聞くから、言われた通り報告した。

「他には?」「別に」

「そうか…」

O先輩には大人の世界があったらしい。

この『マイセラー』には忘れられない思い出がある。俗に言うブン屋(新聞記者が自分達のことを言っていた)の大ゲンカを、ことの起こりから7~8人で外に出るまで一部始終見ていた。私も一緒に外に行こうとしたが(ケンカを止めようとしたのか、ただの野次馬だったのかは思い出せないが)、Tママからきつく静止させられた。「大人には大人の事情があるの!」。その口調には、逆らえない強さがあった。

O先輩の水商売遍歴はなおも続く。

その都度、私を始め先輩にお世話になった者は、先輩の気まぐれや都合に付き合わされた。それでも私はO先輩が好きであった。一緒に卓を囲み、酒を飲み、無頼を託つ時間を好んだ。しかし、そうはいかない事情も双方に出現した。先輩の方は、あまりのプータローぶりに業を煮やした両親(特に母親だったと記憶している）からの最終提案。私の方は、留年はもうこれ以上出来ない、少しは本腰を入れて単位を取らないと卒業出来ないという危機感であった。

詳しくは書かないが、先輩と離れる日がやってきた。その別れは突然訪れた。別れの酒や挨拶など何もしていない。唐突に先輩は、アパートを引き払い、義兄のおられる神戸で税理士になるべく旅立っていかれた。ある先輩から「何でも眉をそり落として外に出られないようにして、一から勉強されていると か…」と、ずっと後になって聞かされた。

人には青春の輝かしくそしてその裏側にある影が、誰しもにあると思う。私は、O先輩と過ごした期間、今にして思えばかなり危ない状況にあったと思う。先輩の交遊の輪の中には、反社会的な人達もいて、麻雀という世界だけではあるが、生々しい生き様も実際に見聞きした。後年、病院の事務長という職務を遂行する時、役に立つことは少しはあったが、決して誇れるものではない。むしろ恥ずべきことばかりである。

『塀の中の懲りない面々』（安部譲二作）で塀の内側と外側では大違いなのだ

が、私は辛うじて留まったような気さえする。あのままO先輩と面白おかしく過ごしていたら、卒業はおろか通常の社会人になれたかどうか全く不明である。

ひとつだけ心の片隅でずぅと、「親を悲しませてはいけない」という思いはあり、最後の砦になっていたのかも知れない（浪人やら留年などしてしまったが…）。

O先輩は、税理士であられた義兄の指導の下、現在、神戸で税理士事務所を開設されている。何人かの先輩達はあの面倒見の良い先輩に神戸で歓待を受けたらしい。私は一時期、仕事で大阪の経営コンサルトの方々に合うため、頻回に大阪方面に出張した。新神戸駅で降りて、先輩の事務所（場所も電話番号も調べてあった）へ何度行こうかと思ったことか…。

しかし今日に至るまで再会は果たしていない。もう先輩とは思い出の中でしか逢えないと思っている。

# 第6章

# 「天和事件」

寮では朝食と夕食が供される。

食堂は7時から利用出来た。朝食は早起きして先に食べた者勝ちであった。「別府橋」で紹介したように、8時頃起きていって、大きな味噌汁鍋をいくら掻き回しても『具』は何も残っていなかった。

日曜の夕食はカレーライスと決まっていた。確かバナナが1本付いていたっけ。

21時以降、網戸で仕切られた膳棚に残っている夕食は誰が食べても良い決まりだった。

バイトや部活など相応の理由がある場合は、氏名の記してあるメモが貼ってあった。

何しろ20歳前後の食べ盛りの世代である。誰しも食い意地は張っている。

同室の窪田君は、18時きっかりに食堂に下りて行く。膳棚に並ぶ豚カツを瞬時に見極め、一番大きそうなものをゲットしていく。住み込みで賄や掃除をしているTオバちゃんは、「窪田君の選ぶものが一番大きい」と太鼓判を押した。

Tオバちゃんをはじめ、オバちゃんがもうお一人(確か娘さんも含めて二人)、あと通いで寮のお世話をする人達がおられたが、いずれも御主人が元国鉄職員で寡婦の方々と聞いた。

国鉄は、良きにせよ悪しきにせよ「面倒見」が良かったのである。

「食い意地」の話で、本題から脱線するが、別府商店街を別府団地方面に抜ける三叉路にいわゆる駄菓子屋があった。ある夏の夜、後輩のK山君他2名が商店街先の飲屋の帰り道、シャッターを降ろした駄菓子屋の自販機の横に、お弁当2個を見つけ寮に持ち帰り食したらしい。本人達はさすがに恥じ入って自分達から言うことはなかったらしいが、強烈な下痢と嘔吐は3日程続き、今だったら完全に病院送りである。

親からの仕送りの1週間前くらいになると、寮生はほとんど金が底を着く状態で、外に夜食を食べに行くなどの余裕はなかった。定期的にバイトをしている一部の寮生はそうでもなかった。私が本格的に雀荘（第八会議室）でバイトを始める前は、皆と同じでひもじい1週間を過ごしていた。こんな時、役に立つのは、インスタントラーメンであった。電熱器に取っ手の付いた小さ目の鍋で、この鍋を丼ぶり代わりにして麺を啜る。

カップ麺やUFO等の焼きそば類が主流になるのはもう少し後の時代であった。

このラーメン作りが上手かったのが、Q大経済学部のK・K君であった。しかし今考えると、電熱器でインスタントラーメンを作るのに上手も下手もあるまい。K・K君は人柄が良かった。自己主張をせず控え目で平穏を愛し調和を重んじる人であった。真相は、同室のI・H君や親しかった同学部のS・M君等から「K田、お前の作るラーメンがいっちゃ美味い」とか何とか言われて使われていたと思われる。近年、若手のOB会で顔を合わせることが多くなったI・H君の性格からしてこの推理には自信がある。I・H君については、「野球部」の章で語りたい。

また、買い置きのインスタントラーメン類も無くなると、頼りは21時以降の夕食の残りであった。ここにも争奪戦はある。しかし良くしたもので、先輩が後輩に譲ったり、分け合ったりして「武士は相身互い」の精神が発揮されていたように思う。

冷えたカレーは美味くない。カレーライスは残っているがバナナはもう既に、誰かの胃袋に消えている。不味くても空腹には勝てない。

ある夜、私とO・Y君（Q大歯学部で学生寮に7年間在籍した伝説の寮生。昭和49年入寮）は、どうやってこの冷えたカレーを食べようかと思案していた。一膳だけ残っていたカレー（当然バナナなし）を前に、「先輩、K田に電熱器と鍋を借りてきて『カレーおじや』という手はどうですか?」「お前は酒を飲む以外にも能力があるじゃないか」とか何とか言いながら私は、この提案が大いに気に入った。K田君がすまなさそうに「ニクロム線が1本ダメになっていて熱量が足りないんですけど…」という。「かまわん、々。」と私。

生まれて初めて鍋を扱うような手つきでO・Y君がカレーライスを混ぜくりかえす。

見た目は悪いが、冷えたカレーよりは美味かろうと思って先にスプーンを付けたが、２口程食べて「O君、あといいよ」と早々と放棄してしまった。

後年、歯科医となったO君と奥様も交えて会食する機会が３～４回くらいあったが、この話題は毎回してしまう。

そうそう「天和事件」である。

多分、腹が空いて夜眠れなかった日のことであった。

正確でないが夜中の1時～2時頃だろうと思うが、突如、寮内で「テネホー」「テネホー」と声を張り上げながら寮中を走り始める大きな音がした。「あァ、誰か天和を上がったのだな…」と思いはしたが、とにかく半分寝入った者からしたらうるさくて仕方がない。当時流行っていた阿佐田哲也氏の麻雀劇画で、黒人の下級兵士が白人相手の麻雀で、絶対絶命の状態から奇跡的に「天和」を上がり、最後は白人兵に射殺されるという話がある。その時、黒人兵が「テネホー」「テネホー」と叫ぶのであるが、「あの声はNだな…」と思いながらまた寝入った。私はこのN（年齢は一緒、寮では1年先輩である）が嫌いであった。N県のI市出身のNは、Q大工学部で1年半程で箱崎地区へ転居していくのだが、嫌いになったのには訳がある。別府橋のたもとに「別府会館」というパチンコ屋があり、たまに寮生もパチンコを打っていた。私が珍しく玉を出していていてプラスチックの小箱（１０００円程か？）を一箱くらい溜めていたところ、このNが近寄って来て「おっ、出しとるやん。チョットね」と言って玉を半分くらいくすねて近くの台で打ち出した。

「この野郎！」と思ったが、その時は我慢した。４～５分後、玉が無くなったNが、出し続けている私のところに来て「もう少しね」と言って、またパチンコ玉を持っていこうとする。さすがの私もキレた。顔こそ殴らなかったが、胸ぐらあたりは摑んだと思う。私は一浪しているので１学年上の寮生のほとんどと同じ歳である。この件以前にもQ大経済学部のT田と麻雀でイザコザがあった（T田がエレベーターというイカサマをやった）。そして私のキャラもあって１年上の連中とは折り合いが悪かった。前章で書いたO・Y先輩の後ろ盾が無かったら、もっと陰湿なことがあったかも知れない。

麻雀好きの私が、出現確立０・０００３０２５と言われる「天和」が、どんな上がりだったのか、関心も寄せないことに、不思議がりながら窪田君は、寄せ集めた情報で熱心に説明をする。あの手の人間には、今でも嫌悪感を抱く。長い麻雀歴を自負している私は、いまだに「天和」という僥倖に与かっていない。

# 第7章

# 「初めての東京」

大学1年生の夏休みにアルバイトをした。

郷里の佐世保で一番大きくて老舗のデパートがバイト先であった。

不思議なことに同室の窪田君と一緒だった。その当時、窪田君の父上が佐世保市の早岐（国鉄としては主要駅で、佐世保線と大村線の交差する地点であった）の保線区に転勤されており、帰省先が同じだったのである。

当時、大学1～2年生は、夏休みはアルバイトをするものであった。我々はまず職安に行き、一番時給が良かったT商事（Tデパートの子会社）へ出向き、簡単な面接を受け、翌日からTデパートへの出勤を命じられた（Q大ブランドのおかげと思われる）。

私は1階の「酒売り場」、窪田君は4階の外商部中元センターであった。

生まれて初めて「お仕事」らしきものをして賃金を貰うのであるから、楽しいことばかりではなかったと思うが、いろいろな経験が新鮮でかつ興味深かった。社員の人達は総じて私達アルバイト学生に優しく接してくれたが、バイト学生同士はそうでもなかった。

２～３人の悪意のある輩が居て、注意しなければならないのは彼等からの依頼や連絡事項であった。特にバイト歴が長い学生がいて、親しい者には親切であったが、新参者や気に食わない者には容赦しなかった。原因は、我々の時給とQ大生ということにあったらしい。

デパート直雇のバイト生と職安を通した我々では、時給が20円程違っていた。「経験が無い奴らより安いのかよ」「大学を鼻に掛けやがって」

後で聞いた話である。

旧盆前までの３週間程のバイトは、無事終わった。売り場主任のTさんが簡単な送別会をしてくれた。「古賀君、あの時はヒヤヒヤしたよ」と、酒売り場に訪れたお客さんと、T券（特待券）が酒売り場では使えないことで、少し口論になり憤慨なさっていたことを静かに話された。また、フランス人がワインを買いに来たときには「大変助かったよ」と褒めてもくれた（怪しげな英語と初歩の仏語のチャンポンみたいな会話で応対したのだが）。

社会人はいろいろ見ているのだなと漠然と感じたものだった。

私には、その夏、ある計画があった。

中学・高校時代からの親友（麻雀仲間でもあった）U君と一緒に、一浪して東京のW大に入学したM君を訪問し、双方初めての東京見物をすることであった。

U君も父親が国鉄職員だったので、彼が切符等の手配をしてくれた。よく考えてみると早岐という町は国鉄に勤める人がかなり多かったと思う。小学校の1クラス45人中1割くらいはいたのではなかろうか。

自分のことは自分でやれば良かったと後で悔やむのであるが、寝台特急「あかつき」（当時、新幹線はまだ岡山までであった）を京都で降り、新幹線に乗り換えて東京駅に朝9時過ぎ頃に到着した。この時、「アレッ、U君がいない」とホームの端から端を探しまわり、「そうか改札を出た所で待っているのか」と一人合点をして、すたこらホームの階段を降りて行ってしまった。

U君は約20分後にこのホームに到着するのであった。切符の手配からM君との連絡すべてU君に委ねていた私は、それでも楽観的であった。

「駅の構内で逢えるだろう」「むこうも捜してる筈さ」

私は田舎者で、まして初めての東京である。東京駅の広さと改札口、そしてその出入口の多さに圧倒された。「ここではぐれたら無理だ」と落ち込み、人ごみに押されて八重洲中央口に出てしまった。その5分後くらいには、U君とM君は構内放送までしてくれたそうである。彼等は「古賀は東京には来なかった」という結論に達したらしい。スマホはおろか携帯電話の出現はこの先約20年後のことである。

麻雀にうつつを抜かし、問題解決能力に乏しかった私の行動は幼稚なものだった。

「そうだW大に行こう」

私の懐には夏休みのバイトで貯めた3万円程の現金がある。まだまだ元気はあった。

「あの…、理学部のM・K君の住所と連絡先を教えて欲しいのですが…」と、夏休みであまり人のいない学生課で恐る恐る尋ねると、それこそ上から下まで値踏みされそうな視線を浴びた。事情を話し、幸いにも所持していた学生証を見せると案外優しく電車の乗り継ぎまで教えてくれた。

それでもことは簡単に運ばなかった。M君は定期的なバイトをしていたようで、アパートの管理人さんの答えは、何回電話を掛けても「不在です」の一点張りだった。U君は、M君のアパートを拠点に、佐世保M高校の東京在住の学生やら専門学生、社会人等と共に、毎日忙しかったらしい。

私は、高田馬場付近の簡易宿泊所みたいな所で2日間過ごし、残りのお金のことも心配になり、「このままではダメだ」と思い立ち、M君のアパートで彼を待つことにした。

2階建てのアパートの廊下で待つこと約3時間程、夜勤を終えて帰って来たM君の顔をみたら涙が出そうになった。ちょうど土曜日だったのか、その夜、M高時代の知己の人達数人が歓待してくれた。

私は、高校時代から麻雀をしたり不良の真似事をしたりしていたから、皆さんからこんなに歓迎を受けるとは思ってもみなかったので痛く感激した。後で

M君に聞くと、「そうね、東京に出て来ると郷里が懐かしくなり、顔見知りに合おうものなら友達のように話すよ」と言う。そこに2日程、孤独で不安だった私の精神状態と相まったのであろう。

演劇をやりたくて上京し劇団員として頑張っているIさんを見て、「こんなにきれいだったかな？」と思った。本当のところ高校の時は、「あの演劇狂いが…」と内心小馬鹿にしていたのだが…。東京では計4日程過ごした。

帰りは岡山まで新幹線で行き、乗り継ぎホームまでダッシュして、急行「西海」に飛び乗るようにして、博多までたどり着くことが出来た。

人の心のやさしさをしみじみ感じた1週間であった。

東京での不規則な生活とトイレの不自由さで、後年『痔』に悩まされるとは思ってもみなかった。

# 第8章

# 「ナポレオンゲーム」

寮には「たまり場」になる部屋があった。

部屋の住人の気質というかキャラクターが大きな要素だったと思う。

我々が1年次の頃は、K・A君の部屋、2年次になるとK・K君の部屋、3年次にはI・H君の部屋という具合であった。部屋割りがどのようにして決まったかは覚えていない。

基本的に寮1年生は1年生同士、Q大生を中心に2年目から退寮者が出るので、在寮者の希望を聞きながら寮長が決定していたのだと思われる。同室者が変わらない場合もあれば、1年毎に変わる部屋もあった。

I・H君の部屋の同室者は後輩のK山君だった。この2人の間は、主従関係のようにも見えた。「K山、キサマ、嫌なん?」とI・H君が凄むと「イ、イ、…嫌じゃないけど…」と毎回答えるK山君であった。この年代のOB会で再会したI・H君とK山君を傍から見ていると、30年以上の歳月は経っているのに2人の間にある雰囲気は、あまり変化がないように思われて仕方がない。私の穿ちすぎかも知れないけれど…。

I・H君の部屋では頻回に「ナポレンゲーム」が行われた。いや、「ナポレンゲーム」をやるためにこの部屋に集まったというべきだろうか。

このトランプゲームは基本5人でやるのだが、、時には6~7人でもやったように覚えている。このゲームを経験した人は解ると思うが、戦略が必要であり、また心理戦ありで興味深い。性格や気性の良く出るゲームだから私もすぐに嵌ってしまった。

5回戦くらいやって点数を集計し、約半数の負け組がお金を出し合って、勝者へ食堂の自販機で買ったジュースを献上する。麻雀と違って金額的にはたわいもないのだが、負けると結構熱くなった。

後に7年間も学生寮に在籍して「伝説の寮生」となるO・Y君(歯科医)は、ナポレオンに立候補者が出ると、毎回のように「待った」をかけた。「クラブで13枚!」「待った。何、そんなんで立たせられるか。ダイヤで13枚!」と、O・Y君。相手は仕方なく「14枚」とハードルを上げざるを得ない。それでも容赦のない彼は、駆け引きをしながら「15枚」まで引き上げさせたりもした。ゲームとしては緊迫感が増し、1回毎のカードの出し入れにも細心の注意を払った。彼がゲームに参加している時は、面白さが倍増した。

しかし、そのハードネゴシエーターぶりが災いして、無残な惨敗を喫することも偶にあったように記憶している。

私の卒業を確認してくれたK田君（K・K君、インスタントラーメン作りが上手で京都のS製作所に就職した）は、前章で紹介したように、自己主張をせず控え目で平穏を愛し調和を重んじる人であった。

私が何故、確たる自信も無かった卒業試験の結果をK田君に託したのには理由があった。このゲームを通してのK田君との相性を覚えていたからである。

ナポレンゲーム初心者から脱却して、イッパシのゲーム参加者になった時であったろうか、ゲームも最終回を迎え、私はナポレオンとして勝者にならなければ、ジュース代を支払うという状況に追い込まれていた。

配られたカードを念じながら見たが、10と絵札が1枚ずつという、とてもナポレオンとして立つにはお寒い内容であった。しかし、勝負師としての一応の矜持を持っているつもりの私は「ダイヤで13枚」と言ってしまう。すかさずO・Y君が「スペードで13枚」と切り返す。ほとんど無意識に「しからば14枚」と答える私。この時のO・Y君にはまともなカードが入っていたのであろう。結局、「ダイヤで15枚」という、手持ちカードから見れば無謀ともいうべきチャレンジをせざるを得なくなった。「O・Yの野郎」と思いながら「副官、マイティー！」と言いながら残りのカードを引く私。

「マイティーも持たないで15枚立ちかよ」と呆れた声をしり目に、セイムツーまでは上出来の展開であった。しかしこの後は参加者から呆れを通り越して非難の声が続く。

切り札のエースはおろか裏ジャック、正ジャックも持たない私のところには、絵札が５～６枚程しか集まらずゲームは終盤を迎える。ゲーム半ばに、裏ジャックは出るわ、次の回には正ジャックは出るわという荒れた展開に、うすうす、ひ弱なナポレオンと見抜いた連合軍と思しき面々は、これ見よがしに強札を連発して最終カード提示の局面となった。私の手元に絵札６枚、後はS君に１枚、

I君に1枚、O君に3枚、K君に5枚ある。箸にも棒にもかからないナポレオンであったが、副官の正体は不明のままである。まず私、勿体ぶってハートの6を場に投げる。「なんじゃこりゃ」という非難の声あり。

続いてS君絵札、I君も絵札、O君も同様である。この瞬間に私の右手にいたK田君が何と頼もしく見えたことか。彼は静かにオールマイティを場に置きこう言った。

「僕がダイヤで立とうかと思った」

「この運任せが！」と罵られようが、勝負に勝つということは、実に気持ちの良いものである。

私の人生を振り返ってみると、「運任せ」や「流れに任せて」、または「お願いします」というようなことが案外多かったように思える。

高校生の頃、高木彬光という推理作家が好きで作品（最初は「白昼の死角」）を何篇か読んだことがあり、作者本人が「自分は運命論者だ」と書いておられたことが影響しているのかも知れない。

まず、就職からしてそうだった。後年、人事の仕事をするようになり、ヤフオクドームにリクルート・スーツに身を包んだ学生諸子が、我々のブースに大挙押しかけて来るのを見て「就職活動とはかくなるものか」と彼等がひどく立派に見えたりもした。

続いて、郷里に帰って就職したつもりが、福岡への転勤もそうであった。「結果オーライ」という言葉があるが、すべてがそう運ばないことはご承知の通りである。私もある年齢からは、相応の努力をしてきた自負はある。しかし、思い返しても「運が良かった」と思えることはかなりある。

Ｋ田君、卒業式以来、一度も逢ったことはないけれど、心の中には君の「顔」と「穏やかな声」がしっかり残っています。「先輩！ありましたよ」と優しく囁く声が……。

# 第9章

# 「モヤ返し」

福岡市中央区にある須崎公園は、天神の中心地から近い距離にあり、「天神のオアシス」とも呼ばれている。敷地内には、市民会館、県立美術館などもある。

私は、浪人生の頃、予備校（Q州英数学館）の授業の後、美術館内にあった図書室で、受験で点数を獲得しやすい日本史、世界史、生物などを勉強していた。

たまさか、数ⅡBの問題をやっていたら、清楚な女子高校生（昔から清楚系に弱かったらしい）から、「あの…この問題どうやって解いたら良いのですか？」と不意に聞かれた。

2次関数の問題で、絶対値の関係上、場合分けを必要とする得意の分野であった。

それ以来、F岡中央の子に逢えはしないかと期待を込めて図書館通いをしていたが、2度程見かけはしたが相手は2～3人連れで、話し掛けられることはなかった。

淡い思い出の残る須崎公園近くの那の津通りでの出来事である。
那の津通りには北側へと続く大きな歩道橋がある。この歩道橋を大勢の人達が少し速足で海側へと渡っていく。歩道橋を降りた所に「福岡競艇場」はあった。

私が競艇に手を染めたのは、同室の窪田君の影響だったと思う。一時の「麻雀熱」から冷めた彼は、それでも博奕というかギャンブルが持っている魅力に抗しきれず、「別府会館」でパチンコをするようになる。そこで釘師兼マネージャーに気に入られた窪田君は、その店長に頼まれて「舟券」を買ってくるパシリみたいなことをするようになった。見返りは、店長の推奨する台で打てることである。ある時などは、「店長、出らんよー」と彼が言うと、「そうか、出らんか」と言って、その場でパチンコ台を開けて釘をいじり始める。他の客からしたらどんなものだろうか。確かに「時代は緩かった」のである。

競艇場へ足を運べば、窪田君が「舟券」を買い始めるのは時間の問題だった。資金源のパチンコがそれを可能にした。

かくして、同室の私と何故かしら我々より一足先に舟券体験をしていたA・M先輩という競艇かじりの学生が「彦坂が、野中が、北原が…」と生意気なことを言っていた。但し前章でも書いたが、筋金入りの「広島県人」のA先輩だけは、広島の選手しか買わず、広島の選手が出ていないレースは見向きもしなかった。

競艇と言っても、ほんのかじった程度である。麻雀が本業?と心得ている私は、そんなに深入りはしなかった。それでも窪田君に誘われて、下関競艇場まで行って、「彦坂VS野中」の対決を見たり、当時としては画期的な新設なった唐津競艇場まで足を運んだりした記憶があるから、学業を主に考える学生から見れば相当怪しい不良である。

そうそう「寮祭」の章で4レース続けて的中させたのは、勿論「窪田君」である。

少し暑かった印象があるので5月の中旬頃だったのだろう。A先輩(3年生)窪田君(2年生)、そして私(2年生)は、「獲らぬ狸の皮算用」よろしく、勇躍歩道橋を海側へと歩いていた。入場料30円を払い、出走表を手に10円で買った半分の長さしかない赤鉛筆を、タバコを耳に挟むが如く、当たりそうなレースに眼を凝らすのであった。

当時は10レース制で確か第４レースまでが連勝複式、その後が連勝単式の舟券しか無く、１号艇から６号艇の６艇で競争するので、前者は15通り、後者は30通りで、今のような３連単（１２０通り）等はなかった。

A先輩は、午後から授業（実習みたいなもの）があるので「恒樹、このレースをこの広島の選手から買うてくれや」とお金を託されて早めに帰られた。ちょうど昼過ぎだったので３人で競艇場東側の「串カツ」が名物の売店で腹ごしらえをした後だった。窪田君はトントンの成績で、私は３０００円程負けていた。寮に帰って麻雀メンバーを集め、この３０００円を取り返してやろうと魂胆した私は、久窪田君に「Aさんの舟券は前売りで買おうと思っとるんやけど、お前、どうする?」と半ば強制的に帰ろうと催促する。午後に狙い目のレースが無かった彼が「いいよ」と応じる。

かくして2人は歩道橋を須崎公園方面へと歩く。その歩道橋の公園側の近くに5～6人の人だかりが見える。「何だろう？」と興味本位で人だかりの中へ入る。台の上にショートホープ（タバコ）の箱が3つ並んでいる。「さァ、どっちや？」と鉄柵側のおッちゃんが気合を入れる。2人のおばちゃんが「これや、これや」と指差す。あと1人のおじちゃんも「儂もこれやと思う」と同じものを指さす。おッちゃんは「かなわんなァ、あんたら眼がイイ。」と言って、端の1個を裏返す。普通のショートホープである。残るは2個。「兄さん、1万円有るか？」「持っています」と若いお兄さん。「しゃァ、ないな」と言ってポケットから財布を出して3万円取り出すおッちゃん。その兄さんの目の前に3万円を何度もチラつかせ「持ってけ、泥棒！」といかにも渡しそうである。兄さんの眼が緩み、1万円を取り出し皆が指さすタバコの前に置いた刹那、「勝負！」と声高らかに言ったおッちゃんが2個のタバコを裏返した。

印が付いたショートホープは、真ん中にあり、皆が指さしたもう一方の端のタバコは普通のものであった。「残念やったね」という言葉を残し、5～6人いた集団は、あっと言う間にいなくなり、気付いたら落胆した兄さんと窪田君と私のみであった。

これが「モヤ返し」と言われるイカサマ博奕である。

寮に帰り、A先輩にこのことを報告したら、「お前ら、引っかからんでよかったなァ」とAさんがいう。「1万円も持ってなかったですもん」と私。「バカ、千円でも5千円でも引っかけてくると！」とA先輩。

後年調べてみると、この「モヤ返し」というイカサマ博奕は、通称デンスケ賭博とも謂われ、デンスケ（移動しやすい台）が由来とも、摘発した増田伝助刑事の名前から名付けられたと2説があるらしい。以来、競艇場の帰りすがら、この男女のグループを目撃したことは何度もある。

学習経験のお陰で、引っかかることは無かったが、台の近くでお金を取り上げられている人を見たことはある。たまに､的中させる人がいたが､その時は、「ピュー」と笛がなり、「手入れ！　手入れ！」と声を出しながら、デンスケを片付け、あっという間にいなくなった。

この話には、もう一つ記しておかねばならないことがある。A先輩が託した前売り舟券は的中し、これまた後輩のK賀さんとM君が頼まれて換金に行くのだが、見事、この「モヤ返し」に遭遇してしまい、2人は換金したお金は勿論、持っていたお金もあらかた取られ、那の津から別府まで歩いて帰ってきたとのことである。

心優しきA先輩は「俺が悪かったなァ」と言ってお金のことは、水に流し、昼ごはんを奢っておられた。

# 第10章

# 「ふろ当番」

ふろを沸かすのは新寮生の役割であった。

「お風呂が沸きました」と大きな声で、寮内に告げて回ったことは記憶にある。

しかし、ふろ掃除をしたり最後のお湯を落としたりしたことは、あまり覚えていない。

多分、掃除は寮生が行い、一定の時間になれば寮のオバちゃん達が栓を外していたのだろう。

1日おきに風呂は沸いていたように思う。

勿論、4年生から順番に入るしきたりである。ただ、我々の時代には3年生以上は、バイトやら何やらで、そんなに厳格ではなかったような印象であった。

1年生は、21時以降くらいの入浴であったろうか。

後年、学生寮OB会で、同期入寮のK・A君（昭和51年度の寮生代表）から、「俺らが風呂に入る頃には、湯船に垢みたいなものが浮いてて堪らなかった」と聞かされた。

今、考えると新寮生すなわち1年生は、寮生約50人中10人前後だったと思うので、1か月に2回弱の割合で「風呂当番」は回ってきた。確か、ふろ当番の時は、早めに風呂に入れたように思う。何故なら、上級生から「お前1年だろ、エライ早いな」と咎められた時、「ハイ、今日は当番でした」と答えた記憶がある。先輩の中には体育会系の人もいて、「オウ、背中頼む」とクルッと私に背を向ける人もいた。

真面目に背中を擦った。「アリガトウ」と一言。でも、そういう先輩達は総じて、面倒見が良かった。上の人間?に可愛がられることは損ではなかった。しばらくたつと麻雀にうつつを抜かしていた私は、ふろ当番もおざなりになっていったような感じがある。多分、同室の窪田君がキチンと責任を果たしていたのだろう。

ただし、チャッカリ者の私は「オウ恒樹、今日は早いな」と先輩から言われても「ハイ、当番です」と言い逃れるのであった。

あまり清潔でなかった私は、そんなに風呂好きではなかったように思う。

しかし、あの時は一刻も早く風呂に入り、全身をスミズミまで洗い流したかった。２年次の秋の終わりかけのことである。

例によって仕送り前の、金も無い、インスタント食品も無い、そして麻雀で負けて、いわゆるオケラ状態の私であった。頼りの窪田君といえば、学業も忙しくなってパチンコをする時間もなく、オケラが２匹、部屋で蠢いていたようなものである。

１年後輩に少林寺拳法をやっていたF大の○○君がいた（不思議なことに名前が思い出せない）。彼は、バイトを数多く経験していて、学生というより今風に言えば、フリーターという風情を感じさせるような人物であった。

「オイ、窪田、明日の昼飯代あるや？」「無かくさ！　なんば言いよっとか」と険悪な雰囲気が漂う。

「１年の○○、アイツに割の良いバイトがないか、聞いてみよう」と話がまとまり、彼の部屋に行く。

「先輩、結構キツイけど金になるバイトありますよ」と彼が言う。

「最初ですから、自分も一緒に行きます」と頼もしいことを言ってくれる。

何でも、日当８０００円、弁当付き、交通費も出るという、稀に見る好条件であった。

翌朝、朝5時30分という当時の私達にしては画期的な早起きをして、石城町（築港と言った方がとおりが良いか？）までバスに乗って出掛けた。速足の彼の後を、引率された生徒風情で懸命に着いて行く。火を炊いたドラム缶前まで来ると、「3人ですが」と彼は火の前で両手をかざしている親父に伺うように伝える。「枝光（北九州市の町）、あの車（トラック）に乗って」と親父。我々3人は急いでトラックの荷台に乗り、博多駅まで運ばれた。枝光駅までの道中、「力仕事だから」とパンと牛乳を渡される。少林寺君にならって急いで口に入れた。

ここからは詳細はあまり覚えていないので印象に残っていることを書く。私と窪田君の2人は、とても大きな貨物船の倉庫へ、備え付けの梯子を伝いながら下りて行く。少林寺君とは別のグループになった。

15人程の人間が地下倉庫みたいな船倉にいる。上を見上げるとビルの5階程の所に四角い空間が見える。船倉はその一帯だけ明るさがあり、あとは薄暗がりである。

10分くらい、上と周囲を見回していると、突如クレーンが「ウーーン」とい

うなりを上げて、その四角い上空に来るとチェーンが付いた大きな板敷きが降りてきて、セメント袋みたいなものを100個くらい置いていく。慣れているらしき者が、一つを抱え上げ船倉の端の方へ投げるように積んでいく。私達も真似て袋を運ぶ。板の上の袋が無くなると下からそのベテランらしき者が手を上げ、上にいる監督みたいなオッサンも手を上げると、チェーンの付いた板敷きが音をたてながら引き上げられていく。数回チェーンが降りてきて作業を続けていると、腕がなまっていく感じがしてくる。

尿意を覚えて、ベテランに聞くと自ら倉庫の端へ行き、堂々と放尿する。小便はその辺に勝手にしろということらしい。

最初は間が長く感じられたクレーンは、これでもか、これでもかと、セメント袋みたいな荷を置いていく。後で聞いた話であるが、ガラスの原料みたいな

ものらしかった。「旭化成」と英語で書いてあった袋は、1個約5キログラムであった。数百個運んだ頃だったろうか、30メーター程離れている他のグループのクレーンが故障したらしく、そのグループはタバコなど吹かしてのんびりとこちらの作業を見ている。手伝う様子もなく、義務もないらしい。疲れを覚えて周囲を見ると、ベテランらしき人達は実に手を抜くのが上手かった。何事にも要領はある、あまり真面目にやりすぎると却って始末が悪いという体験は間近にせまっていた。

サイレンが鳴り、やっと本当にやっと休憩時間がきた。船倉に下りた時と逆に、約50センチメートル幅、間隔30センチメートル程の鉄製の梯子を登って船上に上っていく。

手に力が入らない。梯子を握っている感触がない。「これは危ない!」と本能的に思った矢先、私の4~5人程前を上っていた若いアルバイト学生が、私達の頭上を落下していった。正確には、何か物みたいなものが頭上を通り過ぎた感覚であった。

恐怖を覚えた私は、残っていたビル3階分くらいの距離をゆっくりと、右手を伸ばす時に左手が梯子を摑んでいるか、左手を伸ばす時に右手が梯子を摑んでいるかを確認しながら、慎重に登って行った。下から苦情が出なかったのは、窪田君達も同様に慎重に登っていたからである。

船上にやっとの思いでたどり着くと、ベテランのおッちゃん達は、すでに食堂に行ってしまっていた。転落した学生アルバイト君は、救急車で運ばれていったと後から聞いた。

午後からの仕事は、ベテランのおッちゃん達を見習い、「良い加減」（いい加減）を心掛けた。15時に15分程の休憩があり、船倉でタバコを吸った。吸い殻は適当に消して、その辺にポイッである。積んでいるものが積んでいるものだから（ガラスの材料みたいなもの）火災の心配は?などお構いなしである。作業中落下した学生は病院に運ばれた後、どうなったのだろう。

今の時代であれば、安全管理責任、労災事故と大変なことが、あの当時はいとも簡単に済んでいたのだろうか…。

17時きっかりにサイレンが鳴り、クレーンはストップした。私は何とも言えない解放感に包まれ、お昼よりもなお慎重に梯子を登った。プレハブの事務所で日当を受け取り、帰りの電車賃を貰った。少林寺君が、日当の袋の中を確認し千円札の枚数を数えるので、慌てて私も確認した。

博多駅までの車中、3人はほとんど口を聞かなかった。私と窪田君は疲労困憊だったと思う。少林寺君は我々先輩が言葉を発しないので、特に自分から話す必要を感じていない風だった。

このバイトが「沖仲仕」(港湾労働者)という仕事だということは後で知った。我々が、少なくとも私と窪田君が、ほうほうの体で帰寮した時刻は20時頃だったと思う。生憎、その日に限って風呂は混んでいた。様子を見ているとまだ3年生が2~3人次を待っている状況だった。おまけに口煩いので有名なY先輩が控えているとのこと。

私と窪田君は、たまらず近所にあった銭湯へと出掛けた。全身にこびり付いているであろう汗とホコリを一刻も早く洗い流したかった。銭湯では、水飲み場で10回以上ウガイをした。珍しく1時間程銭湯にいたと思う。銭湯の隣は「橘」という焼き鳥屋であった。

高額でキツいバイトをしたという達成感が、何のためにバイトに行ったのかという現実をやすやすと越えて、抵抗も無くお店に入り、ふろ上がりのビールを一気に飲干した。

寮に帰った時には、アルバイトで得たお金は三分の一になっていた。それでもいつもの仕送り前の状態よりは数段に裕福だった。皆、懐がさびしい時にインスタントラーメンやうどん、お好み焼きなど、普段互いに世話になっている者同士に少しはお返しが出来た。

私はその後いろいろなアルバイトをするのだが、いくら高額になるとはいえ、「沖仲仕」は二度としなかった。多分に危険を感じていたのだと思う。

少林寺君は、私と窪田君と一緒に行った日から連続3日間、同じバイトに行ったとのことだった。私には信じられない行動である。この約1年後、少林寺君は単車の交通事故でこの世をあっけなく去ってしまう。

どちらかといえば寡黙で、内に闘志を秘めているような少林寺君であった。
若くして旅立った君を、時折思い出すことがある。

# 第11章

# 「石炭の流れ」

小学校には「授業参観日」なるものがあった。

今の時代にも当然あるだろうが、「共稼ぎ」の家庭が多いので、我々の小学校時代とはかなり違うと思われる。また、モンスターペアレントと称される摩訶不思議な種もいるらしいので、学校の先生方も何かと大変だと聞き及ぶ。

20代前半から「先生」と呼ばれ、多様性の価値が尊重される時代背景の中で、「うつ病」を発症し休職する教師も多いと言うし、教師を辞める人もいる。「教育」とは何か？「教育」の担い手は誰か？教育現場にも課題は多い。

今から約半世紀以上昔の話である。そして旧国鉄の子弟である我々には、一種の郷愁を持つ話であろう。

まずM・T君の子供時代のプロフィールから書いていこう。彼は、私とは隣の校区の小学校に通っていて、中学・高校で一緒になる。したがって彼を知るのは、中学校時代からである。彼は中学校1年の1学期からクラス委員長であった。

これは彼が小学校から優秀であったことを物語っている。

何故なら、2つの小学校から集まって来る生徒達がいる中学校では、顔も名前も知らない生徒同士が割と多いから、最初のクラス委員長は担任の先生の指名で決められていたからである。当時の委員長は、学業優秀・品行方正が基本条件である。

ちなみに私のクラスでは、委員長は女子で私は副委員長であった。後者の基準に課題があったと思われる。委員長会の集まりで（8クラスであった）、男子で副委員長は私のみ、あとのクラスの委員長は皆男子であった。気恥ずかしい思いは、正直あった。

M・T君は、当時としては珍しい、やや長髪の横分けハンサムボーイで言葉少なかった。

市内では強豪と謂われる野球部に所属し、一年の後半からは、センターのレギュラーとして活躍した。とにかく俊足がウリらしかった。共にM高校に進学し、彼は甲子園球児を選ばず、ラグビー部に入部する。

M高校に名物のラグビー監督（当時は顧問）がいて、「男はラグビーをするものです」という言葉に感化されたらしい。M高校は、かつてラグビー強豪校らしかった。

ラグビー部でもすぐに頭角を現し、一年生でセンターバックを張った。キッチリ三年間、ラグビー部を勤めあげた彼は、S大へ進み、ここでもラグビーを続ける。

無論、ホンチャンのラグビー選手である。本題に入らなければならないので、この辺で切り上げるが、湯布院近くの大学ラグビーの全国的な合宿であったり、定例のF大戦や、東京のW大、M大との練習試合など当時の一流選手の話など興味深く聞いたりした。

M・T君は私より一年先に入寮していた。途中から同じS大のK・A君と同室になり、三人とも同じ年齢、同じ中高という縁もあり、寮での交遊も密になっていった。

あまり喋るほうではないM・T君が、私と二人で多分酒でも飲んでいた時だろう、語った話である。

「授業参観ってあったろう」

「うん」

「うちの母ちゃんの来とらす時さ、社会の授業で日本の４大工業地帯のところやったとさ」「うん」

「北九州工業地帯の話になってさ、筑豊の石炭が工業地帯にキチンと流通しているから工業が栄える、とか何とかという話になってさ」

「うん」

「先生が、皆さんのお家では『石炭はどうやって来ますか？』って聞くとさ」

「うん」

「先生が『お風呂を沸かす大事な燃料です。ハイ、誰か？』って言わすけん、オイも手ば上げたたい」

「うん」

　彼が言うには、参観日でかなりの数の母親が来ていたので、手を上げたものは少なかったらしい。先生もしばし手を上げた生徒を見ていたが、ここはクラ

ス委員（小学校でも級長である）のＭ・Ｔ君の出番だろうと、自信を持って、

「ハイ、それではＭ君」と指名した。

「うちでは父ちゃんが駅から持ってこらす」

「えっ、お店から買うんじゃないの？」

「ううん、父ちゃんが駅から2袋くらい担いで持ってこらす。タダばい」

「えっーと、そうですね。石炭は大切なエネルギー源です。日本の工業は、石炭なしでは成り立ちません。皆さん解りましたか？」


後はあまり覚えていないそうである。

「あとさ、母ちゃんの方ば見た時、下ば見とらした」

私は、中学校から彼を知っていたが、どちらかと言えば、クールで格好良さを大事にする、Ｍ・Ｔ君の意外な面を垣間見たような気がした。

彼は、私との交遊で麻雀もし、タバコも吸うのだが、3年次頃くらいからレギュラー落ちしてしまう。彼らの言う「1本半」になり、ラグビーへの情熱が、少し薄らいでいくのを傍で感じていた。2人でウイスキーを1本空け、その後、

先輩2人の計4人でビール1ケース（20本）を呑み、飲みながら噴水のように吐いたのは、ちょうどその頃だったろうか…。彼は、3日間ほど部屋で寝込み、時折起きてはトイレに直行する、そんな状態であった。

「M、大丈夫や?」「…」

彼が学校に行き出したのは、翌週からであった。

卒業以来、音信普通であったM・T君と再会するのは、約35年後だった。S県警に勤められていたM吉先輩が、S県の警備会社と県警の会合で彼を発見した。

彼は、S県を中心としたF警備保障の社長（現在も）をしているとのことだった。

『栴檀は双葉より芳し』である。

# 第12章

# 「野球部」

寮に野球部ができた。

発起人というか創設したのは、当時F大3年生だったI・H君である。

彼は3人の男兄弟の末っ子だった。何でも長男の方も福岡学生寮OBで、総会で同期の方々と談笑されているのをお見かけする。ちなみにご長男は白髪で、I・H君は、頭髪は微かに残っている程度である。旧国鉄を経て、北九州市役所職員となり、中途入社の悲哀という心労もあったのではと推察している。総じて、『鉄道弘済会福岡学生寮』の初期から15年以内の大先輩、諸先輩の方々は、結束力というか『絆』が強いように感じられる。

先輩方のテーブルは、話題が尽きる様子はない。

末っ子のI・H君は、親分肌の人のように見える。これも推察であるが、2人の兄貴に牛耳られてきた反動かも知れない。これ以上、冗談めいた話を書くと、OB会での仕打ちが恐いので、本題の「野球部」の話に移る。

「寮で怠惰な毎日を過ごしている青年を更生させるべく、自分は、野球部を作って〝喝〟を入れなくてはいけないと思いました」(本人談)。

後年、我々世代のOB会で、彼は唾を飛ばしながら語るのであるが、ただ単に野球がしたかったのであろう。

寮祭では4チーム対抗戦、また、F大、Q大のソフトボール大会などに学生寮チームで参加すると、我が寮にはその方面の逸材らしき者がかなりいた。私が覚えているだけで、鹿商出身のN村（後に鹿児島県警）、高校は解らないが肩の強かったK林、勿論、発起人で監督兼主将のI・H君を筆頭に（この3人は別格）、中学校の野球部ぐらいだったらレギュラーを張れそうな寮生が10人以上は軽くいた。野球をやりたかったのか、後輩を鍛えたかったのか不明であるが、1万円以上のお金を出してユニフォームまで新調し「鉄道弘済会福岡学生寮野球部『スワローズ』」は、I・H君の強いリーダーシップのもと誕生した。

確か記念すべき初試合は、東区の名島球場で、相手は祐徳タクシーの運転手チームであった。タクシーの運転手さん達は、勤務が1日おきであり、また日頃の運動不足を解消するために、乗務員組合によるタクシーリーグでプレーする人達がいた。たまさか、祐徳タクシーのエースピッチャーと知り合いになり、練習試合の日程はすぐ決まった。

小柄なそのピッチャーは、「学生には絶対負けん！」と言い放った。その人の眼は真剣であった。人一倍負けん気の強いI・H君が「先輩、練習しますよ」と言うので、「まさか俺も勘定に入れとるちゃなかろうね」と念を押すと、「当たり前やないですか、アンタが紹介しちゃった人ですよ」と切り返す。後輩ながら有無を言わさない気迫に押された私は「ハイ」と答えるのだった。

練習は大濠公園近くの野球場兼運動場みたいな所でやった。

最初の守備位置におけるキャッチボールから、I・H君の目指すプレーのレベルが覗えた。何せ本格的なのである。後年、プロ野球の試合前の練習を見て、美しいと感じるのであるが、美しさは無くてもスピードと気合は十分な練習であった。1時間もあれば、練習は終わるとタカを括っていた私であるが、2時間過ぎても練習は終わらない。

これでは麻雀の時間に間に合わないと考えた私は、「I君、僕、頑張り過ぎて体調が悪い」と泣きを入れる。「どうせ麻雀でしょ。…試合前にもう1回練習しますよ！」とダメを押されて解放して貰った。

こうして迎えた初試合であったが、我が学生寮チームは圧勝した。

試合終了後、相手エースピッチャーは「今日は、勤務の関係でレギュラーのキャッチャーがおらんやったたい。次はこうはいかんぞ！」と仰る。受けたケンカ？挑戦は「必ず受ける」というI・H監督は、「じゃー、次も宜しくお願いします」と答える。

実は、2回目の戦いは、I・H監督がゼミの授業で出られず、私が監督代行する羽目になった。おまけに強肩強打のK林捕手も不参加である。我がチームのエース、S田君（Q大経済、大分トキワ）には悪いことをした。不慣れな私がキャッチャーをして、彼の普段の半分の力も引き出せなかった。完敗ではなかったが負けである。

私が帰寮してから、後輩とはいえI・H監督から叱責されたのは言うまでもない。

それ以来、私は野球の試合には出ないようになった。しかし、たまにある野球部の飲み会には皆勤した。その頃は、雀荘のマネージャーというアルバイトもやっていたので、先輩として少しばかり多めに会費も出した。

私が単位取得のため、アルバイトはおろか野球どころではなくなった頃でも、野球部は活動していた。新たに才能ある野球好きも入部して、I・H監督の意図する青年の再教育は順調に進んだらしい。後のOB会で知ることになるが、寮生活における野球部の存在は意外と大きかったようである。

ともあれ、I・H君の尽力である。

私は、このページを借りて謝罪をしなければならないことがある。元来が適当である私はユニフォームも購入せず、後輩のM浦君のを借りて初試合に出た。使用して洗濯をしてキレイにして返すのが最低の常識である。当時の私は情けない話であるが、常識も持ち合わせない嫌な野郎であったのである。あろうことか新品のユニフォームはスライディングの際、膝下が破れてしまった。貧乏学生が、当時1万円という高いお金を出して買った真新しいユニフォーム、本当に御免なさい。今にして思えば「申し訳ありません」という他に言葉はありません。弁償しても彼の心の中にあるものは償えません。「許してください」とは言いません。「本当に済まなかった」という気持ちが、時折、自分を刺すことがあります。

野球が上手かったI・H君は、ゴルフも達者である。我々世代で2組程のゴルフをした折、彼はニアピン賞を総取りした。「オイ、I君、少し大人気ないのでは?」とジャブを入れると、「先輩、そういう根性だから野球の試合に負けるのです」と説教される始末であった。「コイツ、執念深いな…」と内心思いながらも「監督、あの時は申し訳ありません」と答えると、「あの時の体験が、君のその後の人生に幾ばくかの役に立ったと思えばワシも嬉しい」と少しソックリ返りながら答えるI・H君だった。

# 第13章

# 「もう一人のO・Y君」

学生寮に7年間もいたのは、おそらく彼1人だろう。

彼が入寮したのは、昭和49年である。歓迎コンパで1年生ではただ1人平然としていた。現役でQ大歯学部に入学したのだから、お酒の練習などしている暇はない。生まれ付き、酒が強い体質なのであろう。いかつい顔立ちで寡黙な男であった。

寮の先輩達にも、私と違って「媚びる」素振りも無く、「我が道を行く」ような印象を受けた。そういう彼に魅かれたのか、ただ単に「酒飲み」に誘えば断らなかったのが気に入ったのか、O・Y君と私は次第に深く付き合うようになる。

今、冷静に振り返ってみれば、私は寮内で普段の言動により「かなり浮いていた」存在であり、彼もかなりの変人ぶりに周囲に人は少なかったように思う。

彼と過ごした時間が濃密になっていくのは、私が形式上、退寮してからだった。

「留年」の章で書いたように、薄氷を踏むような状態で、六本松教養部を脱出した私は、アルバイトをしていた「第八会議室」(雀荘)の経営者のツテで、箱崎のとあるアパートの住居人になった。

私はこの部屋に何泊したことだろう。正直、まったく覚えていないのである。学生寮のことは、「お前、そんなことまでよく覚えているな」と呆れられるほど記憶しているのに、アパートの場所すら解らない。後年、仕事で福岡県庁を頻回に訪れるようになった時、時間があったのだろう、記憶を辿りながら、住んでいたと思われる場所付近をかなり歩き回ったが、無駄な作業であった。

あまりの不在に、大家さんが、「窓を開けないので、部屋の換気も出来ない」とか何とかで、雀荘の経営者を通じて「退去勧告」を受けた。多分、布団くらいが荷物だったので引っ越しも簡単だったのだろう。こうして住所不定となった私は、当時1人部屋だったO・Y君の部屋に転がり込んだのであった。

正規の寮生ではない謎の不良学生が、しばし学生寮にタムロした訳である。どのくらいの期間であったのかは覚えていない。後輩達にも怖くて聞けない。「君は寮生ではないのだから」と足を引きずる寮長に一度咎められたことはあった。

1年ちょっとは、こんな状態だったかも知れない。

そうそうO・Y君のことである。

瀬戸内海のO水軍の末裔であるという彼の兄弟は、皆出来が良かった。3人兄弟で兄も弟もN大医学部であったので歯学部の彼は、少し肩身が狭そうであった。

当時の国鉄職員で3人もの大学生に仕送りをするのは、並大抵でないことくらいチャランポランな私でも理解は出来る。母上も地元のデパートで働かれていたように聞いた。

医学部・歯学部は授業が厳しく、アルバイトなどあまり出来ない。

私は雀荘のマネージャーみたいなバイトをやっていたし、彼の部屋に転がり込んだ経緯もあるので、時折、飲み代や仕送り前の困窮期には、昼飯等の助力をした。水軍の末裔である誇り高きO・Y君は、決して甘えるようなことは無かったが、「先輩がそう言うなら」と拒否はしなかった。

このO・Y君が「先輩、しばらく厄介になっていいですか?」と珍しいことを言ってきたのは、昭和53年の夏であった。

この年は空梅雨で、九州北部の各地域は押しなべて深刻な水不足に悩まされていた。

中でも、福岡市は給水制限も限度いっぱいの状態で、後年「福岡大渇水」と言われた年である。私が福岡市に出張した折、ホテルのラウンジで供された「おしぼり」は、茶色くビニールを開封したら異臭がした。

ちょうど夏休みに入っていたO・Y君は、知り合いを訪ねて各地を転々として、この福岡砂漠を逃れていたらしい。郷里の医療法人に就職していた私は、喜んで彼の申し出を受けた。実家のお風呂に入り、美味そうにビールを飲む彼に、私は今やっている仕事の事など得意そうに話した。何せ私のグータラなところしか知らない彼である。「マジですか?」といった疑いの眼で聞いているようないないような感じである。しからばと翌日、確か休日であったのであろう、誰もいないコンピューター室に彼を連れて行き、医療事務システム（当時としては最先端の取り組み）を起動し、テスト運行してみた。「フーム」と感心しきりのO・Y君を横目に、ドヤ顔の私は、「少しは社会人を見直したか」と溜飲を下げたのだが、その後がいけなかった。テストを終了させ、システムを閉じようとするのだが、正常にダウンしない。「まずい」と思ってあれこれやるのだが、混乱は深まるばかりであった。O・Y君の冷たい視線を感じつつ観念した私は、システム室長に連絡を取り、「かくかく然々」と告げると、休みにも拘わらずわざわざ出て来てくださった。室長曰く「これからは許可なくシステムを起動しないように！」とお灸をすえられてしまった。

昭和53年の大渇水を経験された寮生の皆さん、いろいろな経験をお持ちでしょう。

寮のお風呂も大変だったと思います。あるいは、郷里に避難された方も多かったと思います。また、アルバイトで帰郷もままならず給水制限をのり越えられた寮生もいたことでしょう。

福岡市はこの年以降、水源の確保のために、ダム建設を始め、中水使用の義務化、省エネ設備の推進など本格的な水対策を実施していく。まさに時代は第2次オイルショックの頃でもあった。当時約80万人だった福岡市の人口は、現在約150万人とほぼ倍増している。

O・Y君との親交は、彼が婚約者を連れてきたり、私が東京出張の際、会食したりと頻回ではないが続いていた。彼は、埼玉県の所沢で歯科を開業しており、九州には縁が薄い。

数年前には、ご夫婦に阿蘇と九重を案内し、黒川温泉に浸かったりもした。「一度出てこいよ。皆、君に逢いたがっている」と熱心に誘うと、我々世代のOB会に彼が初めて出席してくれた。

O・Y君は「俺は福岡を売った人間だから」と自分を責めるように言った。しかし、35年以上経過した歳月は、瞬時に埋まり、皆あの頃の寮生に戻るのであった。

●与論島行きのフェリーにて（バックは桜島）。左から古賀恒樹（筆者）、川原明郎君、穴田守先輩

●与論島にて。左から古賀恒樹（筆者）、川原明郎君、穴田守先輩

# 第14章

# 「与論島」

もう40年以上前の話である。

東の「新島」、南の「与論島」。

我々世代の人気スポットであった。

大学では必要最小限の単位取得のために、可能な限りサボりを決め込み、寮でグータラな生活を送り「麻雀」ばかりしていた私であったが、寮の仲間と「与論島」に行ったことがある。同室の窪田君が「若者のメッカ、与論に行こう！」と熱心に誘うのである。ちょうど、夏休みの最中で、暇を持て余している5～6人が参加することになった。

当時の我々は、旅行にしても大雑把であった。今でこそ、旅行雑誌の類は大量にあるが、その頃は皆無と言ってよかった。窪田君は「週刊プレーボーイ」の記事を読んで触発されたらしい。何でも「若者の情熱がほとばしる新島、与論。一夜のアバンチュールな恋」とかいう見出しが大いに気に入ったとのことであった。

国鉄職員子弟の特権であった「無料パス」を最大限に活用して、我々一行は、時間は掛かったが、西鹿児島駅に到着した。ここから天文館を少し見物し、鹿児島港から「エメラルド奄美」というフェリーで船中の人となった。最初の寄港地である「奄美大島」に着いたのは、翌早朝であった。その後、与論島へ向かう。当時の与論島には岸壁が無く（今は知らない）、島のサンゴ礁を抜けた約1キロメートル付近の海に、少し大きめのハシケで迎えに来る。

一つの船に20～25人程乗って島へと渡るのであるが、この移動が結構スリリングであった。外海だから波もある。まずフェリー下部の渡し口みたいな所で、2～3人のおッちゃん達が、ハシケに向かって荷物を放り投げる。上手にハシケの若者が受ける。船尾に要領よく荷物を積み上げた後、男から順にハシケに飛び移っていく。晴天の日で風もそんなに無かったが、それでもハシケは1メートルは上下していた。男の乗客でもビビる者はいた。何人か飛び移っていくとだんだん慣れてきて移動はスムーズになった。

男の次は女である。若い女性客がほとんどであったと思うが、数人は自力で飛び移ることが出来ない子もいた。おッちゃん達の眼が輝くのはこの時であった。思い出してもそんなところまで触る必要は無いと思えるのだが、仕事熱心な彼等は、時間を掛けてこの人命を扱う仕事に従事するのであった。

島に上陸してからは、窪田君の仕切りに従った。

百合ケ浜と呼ばれる砂浜に貸し出し用のテントで寝場所を確保した。砂浜の指定された一帯に数多くのテントが張ってある。食事は、ほとんどインスタント食品で済ませていたように思う。隣のテントから、バーベキューの残りものを頂いたり、キャンプ最終日のグループから余った食料を分けて貰ったり、食べ物に不自由した記憶はない。

初日、二日目と我々は、綺麗な海とサンゴ礁、星の砂でいっぱいの「与論島」に魅惑された。夜、テントを離れて砂浜に寝そべり、星空を眺めていると連続的に聞きなれない音がする。

「海鳴り」であった。

澄んだ空気に包まれた与論の夜空は、無数の星が煌めき、時折、星が糸を引いて流れていった。

私と窪田君は、将来のことなどを夜更けまで話した。

エメラルドブルーの海とサンゴ礁の淡いブルー、その境目に立つ白い波、潜れば、いとも容易く摑める色鮮やかな熱帯魚、そんな与論島も3日も過ごせば退屈になる。

我々のグループは、「もう福岡に帰ろう」派と「まだ帰りたくない」派に分かれてしまった。折り合って、「もう1泊」という結論になり、窪田君は「明日1番にレンタサイクルを借りて、島内を1周しよう」と私を誘った。

2人で颯爽と自転車に乗り、大雑把な地図を片手に島内の隅々まで廻った。トウモロコシの畑が多く、赤い土のいたる所で小ネズミの死骸を数多く見た。若い女性が2~3人連れでサイクリングしているグループにもたくさん出遭った。

窪田君は「コンニチワ」と積極的に声を掛け、「百合ケ浜ですか?」「民宿ですか?」と普段の彼からは想像も出来ないくらい親しく話しかけていく。私が何も言わないで、唖然としていると「お前も何か言え」と説教する。「2人で誘わんと不自然やろ…」と畳み掛ける。私も、百合ケ浜で見る若い女性のビキニ姿に強く惹かれてはいたが、女性に声を掛ける勇気は持ち合わせていなかった。

窪田君の健闘も空しく、与論島最後の夜も海鳴りを聞き、星空を見上げるだけで過ぎていってしまった。

往きと同じくハシケに乗り、「クイーンコーラル」という「奄美」よりスマートなフェリーに飛び移り鹿児島港を目指す。奄美大島に寄港してからは24時間船中である。

残りのお金も少ない中で、苦労したのは食事であった。船の中の食堂は、朝定食が800円もし、お湯（熱湯、カップ麺に必要）は100円取られた。まさしく独占営業のなせる技であった。空腹を我慢しながら、3等船室で横になっていると、台風の余波とかで静かだがゆっくりと上下に揺れる感覚で「船酔い」を経験した。吐く内容物はないが、胃液を何度かもどし、口中がしびれるような状態で陸地にたどり着いた。

せめて急行で帰ろうということになり、博多にやっとの思いで到着した。筑肥線に乗り換え、帰寮した時は本当にホッとした。

2時間後には麻雀をしていた私を見て、A・M先輩や窪田君は「お前、麻雀がしたくて帰ろう、帰ろう、と言いよっちゃったとやろ」と図星を指された。当時の私は、食い気、麻雀が優先し、色恋は無縁であった。自分には、そういう世界は縁遠いものだと感じていた。発育不良と言われても仕方がない21歳であった。

この与論島旅行の後、窪田君は退寮し、転勤で北九州に勤務されていた親元から大学に通うようになり、学部も違うので次第に疎遠になっていく。彼は卒業後、自動車メーカーのH技研に就職し、私は郷里の医療法人に就職する。私が福岡の病院に転勤することになり、「一応、事務責任者なんだけど…」と言うと「お前が事務長で大丈夫か?」と電話で話したのが、窪田君との最後の会話であり接点であった。

以来、35年以上の歳月が経ってしまったが、兄弟以上の濃密な時間を過ごし、お互いに大きな影響をし合った、この掛けがえのない男にもう一度逢いたいと切に願っている。

私が、寮の思い出を綴っているのも、窪田君やO・Y先輩にもう一度逢えるかも知れないという一縷の期待が筆を進めている気がしてならない。

# 第15章

## 「思い出の先輩達（藤崎台球場事件を含む）」

50人程の学生寮である。

大学は通常4年であるから、必然的に上級生、先輩が多くなる。Q大は教養部と本学が分かれていたから、1年半で寮を出る者が多かった。というより、私が入寮した頃は、それが標準的だった。田島寮（九大直営の学生寮）をはじめ、六本松界隈に居住する多くのQ大生は、教養課程を終えると本学がある箱崎地区に転居していった。

したがって鉄道弘済会福岡学生寮の先輩達は、F大、S大が多数を占めた。寮生代表は、年度終わりに選挙で決まった。曖昧な記憶で自信はないが、1年次はY田先輩（S大）、2年目は同姓のY田先輩（F大、ジャイアンツの長嶋茂雄の大ファンで、野球も上手かった。長嶋の引退試合は寮の食堂で寮生の多くが見ていたが、1番前で涙ぐんでおられたような印象がある）。3年目はM田さん（F大、同じ歳で先輩と呼ぶ気になれない。別名『百姓M田』。謂われは不詳である）。4年目は同期入寮のK・A君（S大）である。

私も3年次末まで寮にいたので、寮生代表の有資格者であったから、誰かが冗談で1票を投票して貰った。この頃の寮生代表は、事前に3年生を中心に根回しが行われ、後輩にかなり圧力をかけてあり、選挙以前に結果はほぼ決まっているようなもので、アメリカ大統領選挙でトランプ氏が勝つような、番狂わせなど起こりようがなかった。それでも寮生代表は、それなりの人望と統率力が求められた。

大学に入りたての1年生から見ると、4年生などは大人も大人、オッサン風に見える。

2年、3年と学年が進むにつれて、大人に見えていた4年生にも様々な人間模様が見えてくる。何のことは無い、自分達が大人に近づいているのである。

私もO・Y君の7年には及ばないが、5年ほどは寮で生活していたので（うち1年はモグリの寮生）、多くの先輩や後輩達を知っている。

印象深い先輩達を少し紹介させていただく。

ただし、人間には多面性があり、また相性もある。先輩、同期、後輩と立ち位置も異なると、人の見方や評価も自ずと変わってくる。あくまで私の体験を通した印象であり、思い出である。

1年次で覚えているのは、寮生代表のY田S治さんである。明るく人懐っこい性格の方でS大卒業後、M生命保険会社に就職された。持ち前のキャラで寮のオバちゃん達にまで生命保険の勧誘をされていた。学生寮の先輩・後輩を問わず保険の営業をされたとか。実に仕事熱心なY先輩である。学生寮OB会も皆勤で、ステージに上がれば、「Y田、もうよか、引込め」と心無いヤジが飛んでも、「不肖、Y田、元気で今は斯く斯く然々」とめげない、まことに親しみやすいオッサンである。

「ドラ爆の五郎」「ダマ聴の五郎」と通り名のあるF田五郎先輩は、S大経済学部に通っておられた。最初の出逢いは麻雀であった。O・Y先輩にひけをとらない雀豪で、大学では囲碁部に在籍していた。勝負事に対して一種の強い執着心を見せる人で、勝つためにいろいろなことを考える気質であった。戦国時代に生を受けていたら、ひとかどの軍師にでもなろうかというような先輩とは、1年間同室になり、いろいろな思い出がある。

その中でも忘れられないのは、「熊本藤崎台球場事件？」である。

読売ジャイアンツは、購読者拡大のため、ホームゲームでも地方遠征をした。年に1回藤崎台球場で巨人戦が見られた。西鉄ライオンズが「黒い霧事件」で消滅し、太平洋クラブ、クラウンライターなどオーナーが変遷したライオンズは、昭和53年（1978年）に西武ライオンズとなって埼玉所沢に本拠地が変わる。昭和50年台前半のライオンズは、弱小球団で人気も凋落していた。

そんな中、アンチ巨人も巨人ファンと言われるようにジャイアンツ戦は人気カードであった。F田先輩と同室であった私は、先輩が帰郷がてらジャイアンツ戦を見るという話を、一緒に麻雀をしていたO・YさんやA・M先輩、M・T君につい喋ってしまった。

年長のO・Yさんが「どおりで早めに麻雀を切り上げた訳だ」と1人勝ちしたF田さんをなじるように言う。「よし、これから俺達も熊本にいくぞ」。土曜日の15時頃、Oさんの指揮の下、我々はF田先輩に密着して藤崎台球場まで付いていく。幸い、チケットは購入出来、巨人戦を堪能出来た。

問題はこれからである。

O・Y先輩の「これからF田の家まで行って泊まろう」との突然の提案に悪乗りして、F田さんの後をゾロゾロと付いていく。F田さんは、色白の顔をしかめながら「シッ、シッ…」と犬でも追い払うような仕草で、「付いてくるな」と時折、後ろを振り返りながら急ぎ足で実家を目指す。

こういうやり取りを繰り返したのち、とうとうF田邸まで到着してしまった。さすがのO・Yさんも堂々と玄関には入らない。我々の悪乗りもここまでである。

待つこと3~4分。「しょうがない奴らだ…」とか何とか言いながらも、我々はF田邸の一夜の食客となった。五郎と名の付くようにF田先輩は、五人の男兄弟である。

細身のお母様ではあったが、男の子を五人も育て上げられた「肝っ玉母さん」である。

突然の不躾極まる訪問にも関わらず、気持ちよく応対して頂き恐縮したことを覚えている。ふかふかの「客用布団」と広いお座敷をあてがわれた我々は、それでもグッスリ寝入った。「若いことは特権である」と今になってつくづく思うのである。

翌朝、旅館でいただくような朝食を食べ、「そろそろ失礼しようかな…」とO先輩が言い出して座敷に戻ると、お布団はきれいに片づけられていた。

40数年後ではありますが、「お母様、本当にお世話になり有難うございました」。

学生寮のOB会で、F田先輩に再会することが出来た。「先輩、会が終わったら麻雀しましょうか？」と水を向けると「お前、まだそんなことをしよっとか」とにべもないことを仰る。F田先輩が麻雀を辞めたとは到底思えない。ただ当時の「手積み」の時代から「全自動」の時代になり先輩の熟練したスキルは、発揮しようがない。それが原因で、ひょっとしたらと思わないこともない。この話を次回のOB会でF田さんにしてみたいのだが「お前は馬鹿か」と口に手を当て、「オッ、ホッホッ」と例のお公家さん風に躱されてしまうだろう。

書いて良いのかいけないのか判断に迷うことがある。

Y村先輩（F大卒で、O県で公務員をされていると聞いた）という小柄で気の優しい人だった。数人で飲みに出かけて寮に帰って来る時のことらしい。酒で興が乗った何人かが、別府橋の欄干に上がりA外科病院方面に歩き出したらしい。不幸なことに、Y村先輩は橋の中央付近で樋井川に落下された。悪酒を飲んだ先輩らが、あろうことかY村さん目掛けて放尿したとかしないとか…。

数日してY村先輩に「先輩、この前は大変らしかったですね。ケガはなかったですか?」と事の顛末を聞こうとした私に「そいがさ、水もあんまりなかったとにさ、ケガはしとらんとさ。3〜4メートルはあるやろ?」と一向に気にした様子はない。先輩の人柄の良さなのか深酒で記憶がないのか謎のままである。

寮に一人だけ軽自動車を所有していた先輩がいた。Fさん（S大）は、定期的なバイトをしていて、バイト先に通うためにも車が便利であり、車を維持するような収入もあったと思われる。いつも寮の玄関脇に車を留めていた。

この羽振りの良いFさんを見て、「オイ恒樹、今度Fと麻雀を設定しろ」と親分のO・Yさんが言う。親分に逆らえない私は「F先輩、今度一緒に麻雀してください」としおらしく申し出る。「いいよ、今度の日曜日は空いてるよ」とFさん。雀荘に最後に現れたFさんは、そこにO・Yさん、F田五郎さんが先着しているのを見て、少し考える風に「半荘4回でいいですか？」と言う。「8回たい」とO・Yさん。

麻雀をしている最中、私はFさんの刺すような視線が恐くて、あまり顔を上げられなかった。「金は高き所から低き所へ流れる」と終了後のO・Yさんが、G&G（ウイスキー）をキープしながらご高説を述べられた。

寮生は、試験が終わったり、バイトの給料日だったり、また何かに託けて、時折外に飲みに出た。

グループにより、加賀八や橘（焼き鳥類）であったり、更科（うどん、そば類）、栄坊ちゃん（お好み焼き）、猫八（おでん、ラーメン類）など、それぞれ行きつけが違った。

スナックは、洋酒大学、堀川、ジーナ、あと名前は思い出さないが、藤村ビルの2Fに1軒、別府商店街を抜けた所に1軒とあって、たまに飲むことがあった。先輩からお誘いの時は、ほとんど先輩が持ってくださった。

OBの皆さんはどちらをご利用でしたか？

OB会の後、加賀八（残念なことに閉店してしまった）や洋酒大学に行かれる方は、いまだに多い。世の中は、酒が飲める人、飲めない人、それぞれだが、OB会に参加している人達を見てみると、圧倒的に「お酒好き」が多いと思うのは私一人だけであろうか。

共に酒を飲み、語らい、時には心を曝け出し、「素の自分」を知っている寮友は、かけがえの無い存在である。そこには同じ時間と空間を共有した者のみが持つ、言葉では言い表せない何かがある。西洋の偉人が言っている「貴方は私の一部であり、私は貴方の一部である」。私には、この言葉が一番言い得て妙に思える。

# 第16章

## 「第八会議室でのバイト」

夏休みに郷里に帰ってのバイトは、1年次と2年次までやった。

あと、O・Y先輩がやっていた家庭教師を強制的に引き受けさせられた。中学1年になったばかりの女の子3人であった。1年半程、筑肥線に乗って今宿まで行って教えたように思う。中学生になって成績が上がったと親御さんから感謝された。

逆算していくと、第八会議室でのバイト期間は、1年半から2年程になるのだろう。

ご承知の方も多いだろうが、「第八会議室」は藤村ビル2Fにある雀荘である。私はこの雀荘でマネージャーもどきみたいなことをするのだが、少々訳があった。初代の経営者から2代目のN氏にオーナーが変わるのであるが、N氏は現役のサラリーマンであった。N氏の勤める男性化粧品メーカー「Mダム」の所長I氏は、自衛隊上がりのイケイケ親分で、部下を引き連れて雀荘にも良く顔を出された。メンバーが足りない時は、隣の寮に住んでいる私にお呼びが掛かった。豪気なこの親分は、麻雀素人であったが、部下とのコミュニケーションに2時間程の麻雀をし、その後何人か引き連れて夜の町に繰り出して行かれた。大阪からの単身赴任で、Mダム人気も相まって、金回りも良かった。

副所長であったN氏は、第八会議室の繁盛ぶりをみて、副業として雀荘経営を考えるのだが、店を任せる人材がいない。そこで目を付けられたのが私であった。I氏の推薦もあったが、決め手は、「とにかく麻雀が好きそう」というものらしかった。自分でいうのもおこがましいが、接客態度、言葉遣い、は標準以上であり、指示命令に忠実である。

かくして22歳の雀マネは誕生した。

第八会議室は、当時の麻雀ブームもあったろうが盛業店であった。お客さんの多くは社会人で、昼間に学生が来る程度であった。10時のオープンから15～16時くらいまで、パートのオバちゃんが担当し、それから閉店まで私が担当した。オーナーのN氏は、会社が終わって18時頃から20時くらいまで顔を出していたが、しばらくすると電話だけで済ませることもあった。また、たまにN氏の奥さんが差し入れなど持ってきてくれた。良好な雇用関係は、就職が決まって郷里に帰るまで続いた。

この定期的なバイトは、私にとってもいくつかの変化をもたらした。

出勤時間が決まっているので、次第に規則的な生活習慣が身に付くようになり、大学へも以前よりキチンと通うようになったと思う。何よりも定期的な収入があり、経済的に潤った。仕送り前や給料日前には、残金はほとんど無かったが、後輩諸君にはチョット良い顔が出来たと思う。経済観念に乏しい私ではあったが、麻雀をするために、オーナーに3万円程は、常にプールしてもらっていた。何故なら、2～3の社会人グループから準メンバーとしてお誘いがあったからである。1人が遅くなったり、急に来られなくなったりした時など、私は重宝な存在であった。

成績は、概ね上々だったと思う。

こんなことを書いたら、不遜なのは承知であるが、社会人に成りたての頃は、学生時代のほうが「実入り」が良かったと思ったものである。

麻雀に関して言えば、若くていろいろな意味でハングリーな時代は、「引き」

が強かったと思う。特に私はラス牌をよく引いて聴牌したり、和了したりした。O・Y先輩やF田先輩と共に、麻雀自慢の学生達と卓を囲んだが、後ろで「見」していた一人が「あまり上手いとは思わないが、ラス牌を良く引く」と口惜しそうに言われたことがある。

私は今でも腕自慢のオッサンやオバサン達と卓を囲むが、長年麻雀を打っていると、ほとんどの人は技量互角である。違うものは、「引き」の強さであり、「勝負」の駆け引きである。後は、「流れ」を読む力であり、これらにより、俗に言う「運」を引き寄せられるか、自ら手放すかに分かれ、勝ち組・負け組が決まる。

不調な時には、負けを最少に抑えるためにどれだけ辛抱できるか、好調な時、細心の注意を払いながら「運」を離さないか、集中力が続くか否かに行き着くのである。

今日の飯代を賭けて卓を囲んでいる者に、酒の前の余興麻雀を打つ者とでは、スタートの時点で差はあって当然である。

便利な麻雀小僧は、お酒も飲めたので、酒席にも付いて行った。特にMダムのI所長は、単身赴任の気楽さ故、よく誘われた。紙上には書かないが、本当にいろいろな事を教えていただいた。「縁」とは不思議なもので、I氏は私が就職する医療法人についても現地まで行って確認するほど心配してくださった。その後、取締役まで務められたMダムを退社されたI氏は、健康食品会社の役員を始め、焼き鳥屋のサイドビジネスなどを経て、最後は私が勤務する病院の清掃会社の管理責任者として仕事をされた。四半世紀に及ぶお付き合いは、I氏が60台半ばという年齢で癌によって閉ざされてしまった。

私はこの恩人の「生き様」が好きであった。

学生生活の後期にお世話になった雀荘のオーナーN氏とは、法人が福岡に新しく病院を開設した折、住居を訪ねてご挨拶に伺った。N氏は勿論、奥様が涙を浮かべながら「立派になったね。立派になったね」と喜んでくださった。当時の私が、普通の社会人になれるとは思ってなかったようである。余談ではあるが、同様のことは、「加賀八」の口の悪い女将からも言われた。「アンタが……、……」覚えているが書きたくはない。

最後に残っていた窓際の卓も「会計」と言って計算が終わり、牌磨きも終わり、タバコの吸い殻も片付け、1畳ほどの休憩室で仮眠を取って寝入った頃、「リーン、リーン、リーン」とピンクの電話が鳴った。

「アノー、さっきまで麻雀しよった者やけど財布を忘れとらんやったね」と問われる。

半分寝ぼけ眼の私は、電気を付け、窓際の卓に行き、財布らしきものを捜してみる。

「アノー、見当たりませんが…」「そうやろね、帰る時、一度忘れもんがないか確認したもんね。他ば捜してみるけん。夜中に悪かったね」と電話は切れた。

「男3人と女1人の割と若かったグループやったね…」とか何とか思いながら休憩室でバタンキューと眠ってしまった。目覚ましで起き、学校へ向かう前に、もう一度、卓周辺を捜してみる。座ると意外と沈む椅子の背もたれとの隙間にも手を突っ込んでみると、「財布」はあった。

多くの人間がそうするように、私は財布の中を確認する。

1万円札が3枚、千円札が2枚、違うポケットに宝くじが3枚、その他には、何も入っていない。名刺も免許証やら連絡先が解るようなものは一切入っていなかった。

学校があったので、その日の夕方、オーナーのN氏に事の次第を報告した。ちなみに昼間の時間、「財布の件で問い合わせはなかった?」とパートのオバちゃんには確認済であった。「一見のお客さんやったもんねー」「そうでしたね」と私。「よし、1週間預かって何も連絡が無かったら、古賀君のもんたい」という決着になった。

私は、寮のO・Y君に電話を入れ、「今日は、飲みに行くけん、少し腹ば空かしとけ」と早速3万2000円は我が物にしていた。

1週間、何事もなく経過した。

「濡れ手に粟」のお金である。あっという間に散財し、手元に残るは宝くじ3枚である。

意外と用心深いところがある小心者の私は、「この宝くじが、そこその当り券だったら、持ち主が警察に相談しているかも知れない」などと考えてしまう。「しかし、10万円とか、もしかしたら100万円とかだったらどうしよう」という誘惑に抗しきれず、事情を知っており、なお且つ3万2000円の35％くらいは消費しているO・Y君を、「何か聞かれたら、この宝くじは拾ったと言い張れば良い」と説き伏せ、学校帰りに博多駅前にあった第一勧業銀行に行ってもらった。彼は、平然としたもので「先輩、こんなことも人に頼むのですか」という顔で銀行の中に消えて行った。

5分後だったか10分後だったか解らないが、「先輩、ホレッ」と300円を差し出した。銀行の方が仰るには、「こんな券を銀行に持って来られる人もいるんですね」とかなりの嫌味を言われたそうである。普通は、宝くじ売り場で換金するそうで、銀行に来られる人は高額当選者のみであるということを知るのはまだ先のことであった。

ともあれO・Y君に犯罪者のリスクを担ってもらった負い目がある私は、「悪かったなァ」と、その日のバイトが終わったら「軽く、行こうか」と彼の機嫌を取るのであった。

# 終章

## 「学生寮OB会」

学生寮時代のことは案外覚えているのだが、50歳を過ぎた頃からの記憶が曖昧なのは何故なのだろう。

初めて「鉄道弘済会福岡学生寮OB会」に参加したのは、10年前か15年くらい前かさえも定かでない。博多駅にステーションホテルというものが有り、そこで開催されたOB会に出席したのが、私にとって記念すべき第1回目である。4年くらいを区切りに各テーブルが設置されていて、入寮した年次の範囲のテーブルに恐る恐る着席すると「オウ、恒樹」と声を掛けられた。

A・M先輩（F大、H県で公務員）であった。

私がOB会で再会したい人の一人である。

途端に「A田さん」と反応し、「見知らぬ顔ばかりで場違いな所に来てしまった」と少し落ち込んでいた私は、急に勢い付き、あらためて周囲を見渡すと、面影のある先輩諸氏をはじめ後輩の何人かも出席していることに気付くのであった。

F田五郎さんと再会したのがこの時だったのか、それとも次のOB会だったのか記憶が曖昧であるが、逢いたかったF田先輩にも逢えて、「先輩、会が終わったら麻雀しましょうか？」と声掛けをする私だった。

確か初めて参加したOB会だったと思うが、極めて趣向に富んだものであった。

佐田智彦OB会世話人代表の開会の挨拶に始まり、記念すべき第1期生である古川洽次大先輩の、寮の思い出をちりばめながらの格調高いご挨拶に、深い感銘を受けた。聞けば、日本を代表するM商事の副社長を務めあげられ、当時の小泉首相の提唱する「郵政民営化」で政府系の主要委員を経て、『ゆうちょ銀行』の会長をされておられるとか。寮の先輩各位は多士済済であられる。

酒が進み各テーブルは、若き日の思い出話に花が咲き、宴も一服という将にその時、余興は始まった。縁起物の「人吉の獅子舞」？（間違っていればご容赦ください）やら何やら、良くここまで準備されたなと半ば呆気に取られるほどスムーズに出し物は続いた。

締めは、M村先輩のハワイアンショウであった。

ここでM村先輩について私が知っている範囲（あやふやなことが多く申し訳ありません）で紹介すると、F大生の先輩は、O・YさんやU島先輩等と同期で、学生時代からハワイアンに傾倒し、学生寮の屋根の上でウクレレ片手に鍛錬されていたとか…。多分、寮祭などでは「フェニックスの葉陰…」（宮崎の夜）とムードたっぷりに唄われていたと思われます。ピアノの調律師を経て、郷里広島でプロのハワイアンミュージシャンとして活動されておられるとのことで、学生寮OB会では毎回宴を盛り上げて頂いております。

忘れてならないのは、フラダンサーの「たけちゃん」の存在である。ビジネスパートナーのこれまたプロフラダンサーの「たけちゃん」が、笑顔たっぷりにフラを踊り、参加者一同を大いに楽しませてくださる。M村先輩、いつもありがとうございます。

だいぶ後になって、OB会の司会をはじめ諸準備を担当していたH口君、H君、M君にこの時の話をすると、「先輩、それはA本さんですよ」と口を揃えて言う。

何でもA本さん（F大）は、地元博多の山笠男で「大黒流れ」に所属するお祭り大好きな大先輩であるとのことだった。

OB会の準備段階から練りに練った企画を考え、周到な準備をされていたようである。

面識を得て、お話しをすると意外にも同じ福岡市城南区東油山の住人であった。初孫が出来て「オシメを干すとが大変かとさ」と屈託なく話をされる大先輩を、その後、家の近くで2～3度お見かけした。

このOB会に複数回出席していると、学生寮時代は年次が離れすぎてあまり接点が無かった、H口君、H君、M君等と何故かしら親しくなっていった。多分、我々世代のOB会を通してのことだと思う。中でも、H口君（F大、伊万里市役所）とは、会場選びや何やらで、良く連絡を取り合うようになった。必然的に僚友（寮友）であるH君、M君とも親しくなっていく。彼等は寮の野球部にも在籍していたようで、監督のI・H君は共通の知人であり、彼等からは先輩、私からは後輩のI・H君を「肴」にお酒も飲むようになった。

今では、彼らがOB会で来福する時の前夜祭は恒例になっている。

この3人には、佐田先輩も仰るように「本当に仲が良く、いろいろな準備や手間暇かかる作業を良くやってくれる」。感心させられる。私も福岡市在住のOBの一人として、彼等の手助けや役に立つことをやらねばと思うのであるが、人間の性根は歳を重ねてもそう簡単には変わらない。

「鉄道弘済会福岡学生寮OB会」における様々な出逢いは、私の人生においていろいろな変化をもたらすことになった。大先輩から草創期の学生寮の話を受け賜ったり、それほど年代の離れていない先輩各位の元気そうなお顔も拝見し、可愛がって貰った先輩達とは賀状のやり取りをしたりするようになった。中でも、前述した3人をはじめ、I・H君、S・M君など後輩諸氏とは「若手?OB会」で旧交を温めることが出来ている。

昭和48年入寮の同期会もつい先日行った。多分、11人か12人の入寮であったと思うが、8名が集まり顔を合わせた瞬間から気分が高揚し、アルコールが入れば、3時間などアッと言う間に過ぎてしまった。一人があることを話せば、音叉が共鳴するが如く、話は繋がり会話は絶えることがない。

陳腐だけれど、青春時代の思い出は誰しもが貴く輝かしい。

「Ｏ・Ｙ先輩との出逢い」で書いたように、私はＯ・Ｙさんにお逢いしてみたいのだが、いろいろな思い出や出来事が頭の中をよぎって逡巡する自分がいる。

何度目のＯＢ会であったろうか、思い切ってＯ・Ｙ先輩に手紙を書いたことがある。

「Ｏ先輩、覚えておられますか古賀恒樹です」から始まり、「ＯＢ会のご案内が届いていると思いますが、福岡でお逢いできませんか」。最後は「お出でになるようでしたら博多駅まで迎に参ります」と結んで投函したが返事は返って来なかった。

ＯＢ会の出欠ハガキには「欠席です。ご盛会をお祈りします」と記載してあった。Ｏ・Ｙ先輩の胸中も複雑であると思われる。

# おわりに

「光陰矢のごとし」。言い旧された言葉ではありますが、思い出を綴った後にあらためて身に沁みて感じます。

先日、「ハクソー・リッジ」（2016年、監督メル・ギブソン）という映画を見に行きました。太平洋戦争の終末期に沖縄浦添城址の「前田高地」での激戦を題材とした戦争映画です。人間の信念、戦争＝殺戮行為の凄まじさ、愛などの深いテーマを投げかけていると感じました。

愕然としたのは、戦闘シーンを見ながら（正しくはこの残虐な場面が早く終われと願いながら）、旧日本軍が早く降伏してしまえと思っている自分に気が付いた時です。

歴史的結末を知っているからそう思ったのか、はたまた劇中の主人公に感情移入していたからなのか、日本人としての複雑な感情に陥ってしまいました。

我が国の先人達の多くの尊い犠牲のもとに、自分達のこれまでの人生があるのは勿論承知していますが、私達は大切なものを置き去りにしてきているのではないか……考えさせられました。

「学生寮の思い出」の後書きとしては重いものから入ってしまいましたが、自分の人生を振り返った時、「悔い」を感じない人はいないと思います。

私も学生の時、「あぁすれば良かった」「こうしとけば良かった」「もっと勉強すべきだった」と反省はするのですが、それよりも楽しかった思い出やいろいろな体験が懐かしく愛着の気持ちが勝ります。

若くエネルギーに充ち溢れ、「何者でもない私達は、何者にでもなれそうな気がしていた青春時代」は、誰しにとっても輝かしく貴いものなのだとあらためて思う次第です。

その時代を「鉄道弘済会福岡学生寮」という同じ空間で過ごされました、先輩・同輩・後輩各位に親愛の情を込めましてご挨拶を申し上げ、後書きとさせていただきます。

最後に、この文章を書くきっかけを作ってくれた橋口直紹君（昭和52年入寮）、堀純一郎君（同）、前真二郎君（同）、それとアドバイスを頂いた岩山博君（昭和49年入寮）に深甚なる感謝を申し上げます。

# 鉄道弘済会福岡学生寮とは

- 昭和33年（1958年）10月1日から昭和60年（1985年）3月31日までの約27年間、現在の福岡県福岡市城南区別府にあった学生寮。財団法人鉄道弘済会（当時）が設置した大学生向けの男子学生寮で、国鉄職員の子弟のみが入ることができた。最大収容人員は約50名。福岡大学、西南学院大学、九州大学、九州芸工大学、九州産業大学、福岡教育大学、東海大学と学校は異なっていても、同じ屋根の下で寝食を共にし延べ200数十名が青春時代を過ごし巣立って行った。福岡県内のほか九州各県および山口県、広島県など近隣の出身者が多数を占めた。開設当初は「白亜の殿堂」だったそうだが、最後は部屋の土壁から百足が出てくるほど建物が老朽化し、学生寮に対するイメージは1期生とは大きく異なるものであった。
- 鉄道弘済会は1932年（昭和7年）2月に、公益事業の運営を本旨とする財団法人として設立された。設立の趣旨は、国有鉄道の業務に従事し、不慮の事故により殉職された職員の遺族や公傷により退職された職員などの救済と援助を目的としたものだった。第二次大戦後、時代の要請により、一般の方々をも対象とする一般福祉事業へと、公益事業の範囲を拡大し、1987年（昭和62年）には国鉄の分割・民営化に伴うキヨスク事業の分離により、自ら保有する資産の運用によって福祉事業を維持、運営する自立型の財団法人として、その途を進むこととなり、公益財団法人鉄道弘済会として現在に至っている（本部は千代田区麹町の弘済会館内）。
- 記録によると、戦後、同様の学生寮は全国で11個所（札幌、仙台、上板橋、千駄木、高円寺、荻窪、中野、横浜、京都、宝塚、福岡）に設置されている。そのうち荻窪と中野の2個所は国鉄の共済組合が設置し、鉄道弘済会が運営を委託されたもの。最初の学生寮は昭和28年5月1日に東京の千駄木に開設されている。プロ野球の毎日オリオンズの二軍選手の寄宿舎を買い取ったものだった（その後、昭和35年9月に閉寮）。その後、昭和28年9月1日に開設した高円寺（その後、昭和35年10月閉寮）に次ぎ、全国に相次いで学生寮が設置されたが、昭和62年4月1日の国鉄民営化ののち、昭和63年3月31日の荻窪と中野の閉寮を最後に、その歴史に幕を下ろした。
- 以下、全国の学生寮を示す（開設順）※閉寮時期は判明しているもののみ記載

  千駄木：昭和28年5月1日開設（昭和35年9月閉寮）
  高円寺：昭和28年9月1日開設（昭和35年10月閉寮）
  仙　台：昭和30年5月15日開設
  京　都：昭和31年9月14日開設
  札　幌：昭和31年10月1日開設
  福　岡：昭和33年10月1日開設（昭和60年3月31日閉寮）
  荻　窪：昭和34年12月26日開設（昭和63年3月31日閉寮）
  上板橋：昭和35年9月20日開設
  宝　塚：昭和37年4月1日開設
  横　浜：昭和41年2月1日開設
  中　野：昭和46年4月1日開設（昭和63年3月31日閉寮）

著者略歴
**古賀 恒樹**(こが つねき)
1953年生まれ。長崎県佐世保市早岐で小、中学校を過ごし、長崎県立佐世保南高校へと進む。高校卒業後、一浪を経て、九州大学法学部へ入学し紆余曲折の結果、5年かけて同政治学科を卒業し、郷里の佐世保市で医療法人に就職する。医療法人の福岡進出に伴い、学生時代を過ごした福岡市に居住することになり現在に至る。医療法人では病院事務長、人事制度構築などの仕事に携わり理事職を15年勤め、現在、法人事務局顧問。2017年8月より、鉄道弘済会福岡学生寮OB会 世話人代表を務める。

**嗚呼！学生寮**
**～“国鉄職員の息子達”の青春群像～**

2017年10月1日　初版第1刷発行

著　者　古賀 恒樹
発行者　堀 純一郎
発　行　HORI PARTNERS
(http://horipartners.com/)
〒154-0011 東京都世田谷区上馬1丁目4番3号
TEL 03-5430-2031/090-4010-9402
制　作　大應
印刷・製本　大應


ISBN978-4-909391-00-1　C0295